文春文庫

逃れ者

新・秋山久蔵御用控（十七）

藤井邦夫

文藝春秋

目次

おもな登場人物

秋山久蔵　南町奉行所吟味方与力。〝剃刀久蔵〟と称され、悪人たちに恐れられている。心形刀流の遣い手。普段は温和な人物だが、悪党に対しては情け無用の冷酷さを秘めている。

神崎和馬　南町奉行所定町廻り同心。久蔵の部下。

香織　久蔵の後添え。亡き先妻・雪乃の腹違いの妹。

大助　久蔵の嫡男。元服前で学問所に通う。

小春　久蔵の長女。

与平　親の代からの秋山家の奉公人。女房のお福を亡くし、いまは隠居。

太市　秋山家の奉公人。おふみを嫁にもらう。

おふみ　秋山家の女中。ある事件に巻き込まれた後、秋山家に奉公するようになる。

幸吉　〝柳橋の親分〟と呼ばれた弥平次の跡を継ぎ、久蔵から手札をもらう岡っ引。

お糸　隠居した弥平次の養女で、幸吉を婿に迎えて船宿『笹舟』の女将となった。息子は平次。

弥平次　女房のおまきとともに、向島の隠居家に暮らす。

勇次　元船頭の下っ引。

雲海坊　幸吉の古くからの朋輩で、手先として働く托鉢坊主。ほかの仲間に、しゃぼん玉売りの由松、蕎麦職人見習いの清吉、風車売りの新八がいる。

長八　弥平次のかつての手先。いまは蕎麦屋『藪十』を営む。

逃れ者

新・秋山久蔵御用控（十七）

第一話

痴れ者

一

暮六つ（午後六時）になっても夏の日は明るく、新両替町《しんりょうがえちょう》の通りは多くの人々が帰宅を急いでいた。

南町奉行所吟味方与力《ぎんみがたよりき》の秋山久蔵《あきやまきゅうぞう》は、下男の太市《たいち》を従えて南町奉行所を退出して京橋に向かっていた。

京橋の袂《たもと》には、行き交う人たちが足を止めていた。

「何かあったのですかね」

太市は眉をひそめた。

「うむ……」

「見て来ます」

太市は、京橋の袂に走った。

久蔵は続いた。


「どうかしたんですかい……」

太市は、立ち止まっている職人に尋《たず》ねた。

「いえね。お侍が若い浪人さんにどうして後を尾行《つけ》ると怒り、揉《も》めているみたいですよ」

職人は顔を顰《しか》め、京橋の袂にいる羽織袴《はおりはかま》の中年武士と若い浪人を示した。

太市は、揉めている中年武士と若い浪人を眺《なが》めた。

「おのれ。浪人の分際で楯を突く気か、何故に儂《わし》の後を尾行た。何故だ……」

中年武士は怒鳴り、若い浪人に迫った。

「何度も申しているように私はおぬしを尾行たりはしておらぬ。偶々《たまたま》道筋が同じだったのに過ぎぬ。それに、私にはおぬしを尾行る謂《いわ》れがない……」

若い浪人は、小さな嘲《あざけ》りを滲《にじ》ませて云《い》い放った。

見守る人々は騒《ざわ》めいた。

「だ、黙れ。其処《そこ》に直れ。手討ちにしてくれる」

中年武士は喚《わめ》いた。

「それには及ばぬ。ではな……」

若い浪人は苦笑し、立ち去ろうとした。

「逃げるか、卑怯者……」

中年武士は怒鳴り、刀を抜こうとした。

刹那《せつな》、扇子《せんす》が飛来し、中年武士の刀を抜こうした腕に当たった。

中年武士は狼狽《うろた》えた。

久蔵が、見守る人々の間から現れた。

「町中での刃傷沙汰《にんじょうざた》、公儀に知れると只《ただ》では済まぬ……」

久蔵は、厳しい面《おも》持ちで告げた。

「お、おぬしは……」

「南町奉行所吟味方与力秋山久蔵……」

久蔵は名乗った。

中年武士は怯《ひる》んだ。

「此《こ》れ迄《まで》にするのですな」

久蔵は、中年武士に告げ、若い浪人に頷《うなず》いて見せた。

若い浪人は、久蔵に会釈《えしやく》をして京橋を渡って行った。

太市が見守る人たちの中から現れ、若い浪人を追った。

「おぬし、名は……」

「は、旗本牧野宗兵衛《まきのそうべえ》……」

中年武士は、旗本牧野宗兵衛と名乗り、そそくさとその場から立ち去った。

旗本牧野宗兵衛か……。

久蔵は、苦笑を浮かべて見送った。

立ち止まっていた人々は、騒めきながら立ち去り始めた。

久蔵は、京橋に向かった。


若い浪人は、京橋から日本橋に進んだ。

太市は、物陰や人混みに紛《まぎ》れて慎重に若い浪人を尾行た。

若い浪人は、日本橋の手前の高札場《こうさつば》に入り、来た往来を振り向いた。

太市は、足取りを変えずに若い浪人の傍を通って高札を見上げた。

若い浪人は、太市を気にも留めず、京橋から続く通りを見詰めた。

誰かが来るのを待っている……。
太市は、高札を見ながらそれとなく若い浪人を窺《うかが》った。
誰を待っているのか……。
太市は、若い浪人の視線を追った。
京橋から来る者の中には、羽織袴の中年武士がいた。
京橋の……。
太市は気が付いた。
若い浪人は、人混みに身を隠して羽織袴の中年武士を見送り、その後を尾行始めた。
中年武士を尾行る……。
若い浪人は、中年武士を尾行て日本橋を渡った。
太市は、再び若い浪人を追った。
後を尾行ている……。
若い浪人は、中年武士が見抜いたように後を尾行ていたのだ。
太市は気が付いた。
羽織袴の中年武士は、日本橋から神田《かんだ》八つ小路に向かった。

若い浪人は中年武士を尾行て、太市は若い浪人を追った。

夕暮れ時。
日本橋の通りを行き交う人々は、夕陽に照らされながら家路を急いでいた。
羽織袴の中年武士は、神田堀を越えて西に曲がり、外濠鎌倉河岸《かまくらがし》に向かった。
若い浪人は、中年武士を尾行た。
太市は、慎重に続いた。

鎌倉河岸は薄暮に覆《おお》われていた。
羽織袴の中年武士は、鎌倉河岸から神田橋御門に進んだ。
若い浪人は尾行《つ》け、太市は追った。
中年武士は、神田橋御門から錦小路《にしきこうじ》に進み、連《つら》なる旗本屋敷の一軒に入った。
若い浪人は見届けた。
太市は、土塀の陰で緊張を解いた。

亥《い》の刻四つ（午後十時）頃。

太市は、八丁堀岡崎町《はっちょうぼりおかざきちょう》の秋山屋敷に帰って来た。

久蔵は、太市が晩飯を食べ終えたのを見計らって座敷に呼んだ。

「遅く迄、御苦労だったな。して、何か分かったか……」

「はい……」

太市は、若い浪人を尾行た結果を報《しら》せた。

「そうか。若い浪人、日本橋から又、牧野宗兵衛を尾行たのか……」

久蔵は苦笑した。

「あの中年武士、牧野宗兵衛さまですか……」

「ああ。旗本だそうだ。して、若い浪人、牧野を再び尾行たのだな……」

「はい。そして、牧野さまは駿河台《するがだい》の錦小路に行き、旗本の永井織部《ながいおりべ》さまのお屋敷に入りました」

太市は、牧野宗兵衛が入った旗本屋敷の主が誰か突き止めて来ていた。

「永井織部……」

久蔵は眉をひそめた。

「はい。勘定奉行だそうにございます」

「うむ。四人いる勘定奉行の一人でな。公事方《くじかた》の者だ」

「公事方の勘定奉行ですか……」

「うむ。して、若い浪人は……」

「はい。牧野さまが永井さまのお屋敷に入るのを見届けて神田八つ小路に抜け、昌平橋《しょうへいばし》を渡って不忍池《しのばずのいけ》の畔《ほとり》、茅町《かやちょう》二丁目にある浄玄寺《じょうげんじ》の家作に行きました。名前は未だ……」

太市は報せた。

「そうか。して、太市はどう見る……」

「はい。若い浪人が牧野宗兵衛さまを尾行ていたのは事実。そして、それは永井織部さまとも何らかの拘《かか》わりがあるものかと……」

太市は読んだ。

「裏に何か潜《ひそ》んでいるか……」

「きっと……」

太市は頷いた。

「よし。少し探ってみるか……」

久蔵は小さく笑った。

翌日。

南町奉行所に出仕した久蔵は、定町廻《じょうまちまわ》り同心の神崎和馬《かんざきかずま》と岡っ引の柳橋《やなぎばし》の幸吉《こうきち》を用部屋に呼んだ。そして、若い浪人と旗本の牧野宗兵衛の事を話した。

「ならば、その若い浪人、やはり牧野宗兵衛を尾行ていたのですか……」

和馬は眉をひそめた。

「うむ。そして、牧野は駿河台錦小路の勘定奉行永井織部の屋敷に行ったそうだ」

「で、若い浪人は……」

幸吉は尋ねた。

「牧野が永井の屋敷に入るのを見届けて、不忍池は茅町二丁目にある浄玄寺の家作に帰ったそうだ」

「して、秋山さまは何かあると……」

和馬は読んだ。

「うむ……」

久蔵は頷いた。

「分かりました……」

和馬と幸吉は頷いた。

「ならば、和馬は勘定奉行永井織部と旗本の牧野宗兵衛、柳橋は浄玄寺の家作にいる若い浪人の名と素性をな……」

久蔵は命じた。

「心得ました……」

和馬と幸吉は、用部屋から退出した。

「さあて、何が出て来るか……」

久蔵は、不敵な笑みを浮かべた。


和馬は、旗本の武鑑を開いて牧野宗兵衛の名を捜した。

牧野宗兵衛は、二百五十石取りの小普請組《こぶしんぐみ》で屋敷は愛宕山《あたごやま》の北、三斉小路《さんさいこうじ》にあった。

和馬は、幸吉が付けてくれた下っ引の勇次《ゆうじ》と共に牧野宗兵衛の屋敷に赴《おもむ》いた。


不忍池には魚が跳ね、波紋が重なっていた。

柳橋の幸吉は、手先の新八《しんぱち》と清吉《せいきち》を従えて不忍池の畔を茅町二丁目の浄玄寺に向かった。

幸吉は、新八と清吉を近所の聞き込みに走らせ、浄玄寺の山門から境内《けいだい》を覗《のぞ》いた。

浄玄寺は、古いながらも境内の掃除や庭木の手入れも行き届いており、本堂から住職の読む経が聞こえていた。

経は朗々と響き、住職の人柄を思わせた。

幸吉は、浄玄寺の古い土塀沿いの小径《こみち》を裏に廻って行った。

裏門からは、本堂裏の雑木林と小さな家作が見えた。

「親分……」

新八と清吉が駆け寄って来た。

「おう……」

「御住職は良庵《りょうあん》、寺男は善助《ぜんすけ》。二人共界隈《かいわい》での評判は良く、檀家も多いそうです」

清吉は、聞き込みの結果を報せた。

「そうか……」

幸吉は、本堂から聞こえた経や境内の様子を思い出しながら頷いた。

「で、あの家作には、二月《ふたつき》前から桂木左馬之助《かつらぎさまのすけ》って若い浪人が住んでいるそうです」

新八は、裏門越しに小さな家作を眺めた。

「二か月前から桂木左馬之助か……」

幸吉は、小さな家作を見詰めた。

「はい……」

「で、桂木左馬之助、素性は……」

「甲州浪人だそうですが、詳しくは未だ……」

新八は、首を横に振った。

「甲州浪人か……」

「ええ……」

新八は頷いた。

「親分……」

清吉は、家作の腰高障子《こしだかしょうじ》が開いたのを報せた。

幸吉、新八、清吉は、素早く木陰に身を潜めた。

若い浪人が、家作の腰高障子から出て来た。
桂木左馬之助か……。
幸吉、新八、清吉は見守った。
桂木左馬之助は、腰高障子を閉めて浄玄寺の山門に向かった。
「よし。尾行るよ」
幸吉は命じた。
「承知……」
新八と清吉は、古い土塀沿いの小径を山門に走った。
幸吉は続いた。
幸吉が表に来た時、桂木左馬之助は不忍池の畔を下谷《したや》広小路に向かっていた。
新八と清吉は、既に慎重な尾行を開始していた。
幸吉は、新八と清吉を追った。
愛宕山の傍には大名旗本屋敷が連なり、静寂に覆われていた。
牧野宗兵衛の屋敷は、三斉小路に連なる旗本屋敷の一角にあった。

和馬と勇次は、表門の閉められた牧野屋敷の様子を窺った。

牧野屋敷に出入りする者はいなかった。

「和馬の旦那、ちょいと聞き込んで来ます」

勇次は、三斉小路の外れの旗本屋敷の門前の掃除をしている下男を示した。

「うん。頼む……」

「じゃあ……」

勇次は、屋敷の門前の掃除をしている下男の許《もと》に駆け寄った。

和馬は、牧野屋敷を眺めた。


「えっ。牧野さまですか……」

旗本屋敷の下男は、掃除の手を止めた。

「ええ。牧野宗兵衛さま、どんな人なのかな」

勇次は、下男に小銭を握らせた。

「旦那さまですか……」

下男は、笑みを浮かべて小銭を握り締めた。

「ええ。宗兵衛さま……」

「今の旦那さまは、婿養子でしてね。そりゃあ、大変なようですよ」

「大変……」

勇次は、戸惑いを浮かべた。

「ええ。御隠居さま、義理のお父上さまは勘定組頭のお役目に就いていたのですが、今の旦那さまになって小普請組。御隠居さまが早くお役目に就けと、いろいろ煩《うるさ》いようですよ」

下男は苦笑した。

「そいつは大変だ……」

勇次は、宗兵衛に同情した。

「ええ。で、御隠居や奥方さまに尻を叩かれて、お偉いさんの使い走りや御機嫌伺いに忙しいそうですよ」

「お偉いさんの使い走りや御機嫌伺い……」

勇次は知った。

「ええ。奉公人や出入りの商人には偉そうに踏ん反り返っているけど、御隠居や奥方さまには頭が上がらず、婿養子は辛いって処《ぞ》ですか……」

下男は、侮《あなど》りと蔑《さげす》みを過《よ》ぎらせた。

「へえ、婿養子なのか……」

和馬は、戸惑いを過ぎらせた。

「ええ。で、下男の話じゃあ、今は早くお役目に就けと、御隠居や奥方さまに尻を叩かれ、お偉いさんの使い走りや御機嫌伺いに忙しいそうですよ」

勇次は報せた。

「お役目に就きたいか……」

和馬は眉をひそめた。

牧野宗兵衛が、勘定奉行の永井織部の屋敷を訪れたのは、お役目に就く為の御機嫌伺いだったのかもしれない。

和馬は、厳しい面持ちで牧野屋敷を眺めた。


下谷広小路は、東叡山寛永寺《とうえいざんかんえいじ》や不忍池弁財天に参拝する人で賑《にぎ》わっていた。

浪人の桂木左馬之助は、下谷広小路を抜けて仁王門前町《におうもんぜんちょう》の甘味処『花乃家《はなのや》』の暖簾《のれん》を潜《くぐ》った。

新八は、清吉を残して左馬之助に続いて甘味処『花乃家』に入った。

清吉は、甘味処『花乃家』を見張った。

「清吉……」

幸吉が駆け寄って来た。

「親分、桂木左馬之助は此処《ここ》に。新八が張り付いています」

清吉は告げた。

「うん。花乃家か……」

幸吉と清吉は、甘味処『花乃家』の店内の見える横手に廻った。

甘味処『花乃家』は、不忍池の上に床を張り出して涼風を招き、客に喜ばれていた。

左馬之助は、不忍池に張り出した床の縁台に腰掛け、茶を頼んだ。

新八は、近くの縁台に腰掛けて茶を頼んだ。

「お待たせ致しました……」

若い女が、左馬之助の許に茶を運んで来た。

「やあ。おみなちゃん……」

左馬之助は、甘味処『花乃家』のおみなに笑い掛けた。

「はい……」

おみなは微笑《ほほえ》み、左馬之助の傍に茶を置いた。

親しい間柄……。

新八の勘が囁《ささや》いた。

「して、何か云って来ましたか……」

左馬之助は、運ばれた茶を飲みながらおみなに尋ねた。

「いいえ。今の処は何も……」

おみなは、首を横に振った。

「そうですか……」

左馬之助は頷いた。

「はい。じゃあ……」

おみなは、新たに訪れた客の注文を取りに向かった。

左馬之助は、茶を飲みながら見送った。

「お待ちどおさま……」

厚化粧の年増が、新八に茶を持って来た。

「おう……」

新八は、茶を受け取って辺りを見廻した。

人の行き交う不忍池の畔には、甘味処『花乃家』を眺めている幸吉と清吉がいた。

幸吉と清吉は、甘味処『花乃家』の床の縁台に腰掛けて茶を飲んでいる桂木左馬之助を眺めた。

「親分……」

新八が甘味処『花乃家』から現れ、幸吉と清吉に駆け寄って来た。

「どうだった……」

「はい。桂木左馬之助、花乃家のおみなって娘と拘わりがあるようですよ」

新八は報せた。

「おみなって娘か……」

幸吉は眉をひそめた。

「はい……」

「親分、桂木が出て来ます」

清吉が告げた。

「よし。桂木は俺と清吉が追う。新八、お前はおみなって娘の素性をな……」

幸吉は命じた。

「承知……」

新八は頷いた。

桂木左馬之助が、甘味処『花乃家』から出て来て入谷《いりや》広小路に向かった。

「じゃあな。清吉……」

幸吉と清吉は、桂木左馬之助を追った。

二

牧野屋敷の潜り戸が開いた。

「勇次……」

和馬と勇次は、素早く物陰に隠れた。

羽織袴の中年武士が、下男に見送られて潜り戸から出て来た。

「では、旦那さま、お気を付けて……」

下男は、頭を下げて見送った。

「うむ……」

中年武士は塗笠《ぬりがさ》を被り、三斉小路から外濠に向かった。

「奴が牧野宗兵衛ですね……」

勇次は睨《にら》んだ。

「うむ。尾行るぞ」

和馬と勇次は、牧野宗兵衛を尾行た。


浪人の桂木左馬之助は、下谷広小路から明神下《みようじんした》の通りを神田川に架かっている昌平橋を渡った。

幸吉と清吉は尾行た。

駿河台錦小路にある永井織部の屋敷に行くのか……。

幸吉と清吉は読んだ。

昌平橋を渡った左馬之助は、神田八つ小路を抜けて駿河台ではなく神田須田町《すだちよう》への道筋に進んだ。

行き先は永井屋敷ではない……。

幸吉と清吉は尾行た。

牧野宗兵衛は、外濠に架かっている幸橋《さいわいばし》御門の南詰を抜け、土橋を渡った。

何処《どこ》に行くのだ……。

和馬と勇次は尾行た。

土橋を渡った牧野は、外濠沿いの道を北に進んだ。

駿河台の永井屋敷か……。

和馬と勇次は、牧野の行き先を読んだ。

牧野は、足早に進んだ。

和馬と勇次は尾行た。


浪人の桂木左馬之助は、通りを南に進んで日本橋川に架かっている日本橋を渡り、京橋に向かった。

幸吉と清吉は尾行た。

「何処迄行くんですかね」

清吉は、微かな苛立《いらだ》ちを滲ませた。

「うん……」

幸吉は、日本橋の通りを行く左馬之助を見詰めて追った。
数寄屋橋御門《すきやばし》、鍛冶橋御門《かじばし》、呉服橋御門《ごふくばし》……。
牧野宗兵衛は、外濠沿いの道を進んで一石橋《いっこくばし》を過ぎ、竜閑橋《りゅうかんばし》を渡った。
西の鎌倉河岸に曲がれば、神田橋御門、駿河台錦小路の永井織部の屋敷に行く。
和馬と勇次は、牧野の後ろ姿を見詰めて追った。
牧野は鎌倉河岸に曲がらず、真っ直ぐに進んだ。
行き先は永井屋敷ではない……。
和馬と勇次は知った。
牧野は、神田連雀町《れんじゃくちょう》、神田八つ小路に向かっている。
和馬と勇次は追った。

不忍池は西日に煌《きら》めいた。
甘味処『花乃家』のおみなは、途切れなく訪れる客を相手に忙しく働いていた。
新八は、おみなを見張りながらその素性を調べた。
おみなは、病の母親を抱えて長屋で暮らし、甘味処『花乃家』に通い奉公をしていた。

新八は、甘味処『花乃家』の裏の物陰で煙草《たばこ》を燻《くゆ》らせていた年増に小銭を握らせた。

「大変だな、おみなさん、病のおっ母さんを抱えて……」

新八は、おみなに同情した。

「まあねえ。でも、良い話だってあるんだよ」

「良い話……」

「ああ。何処かの旗本の殿さまに見染《みそ》められて、妾奉公《めかけ》の話があってね」

「妾奉公の話……」

新八は眉をひそめた。

「ええ。病のおっ母さんを抱えて長屋暮らしの通い奉公より、おっ母さんごと引き取られての妾奉公の方が楽だと思うんだけどね……」

年増は苦笑した。

「妾奉公の話、おみなは受けちゃあいないのかい……」

新八は尋ねた。

「ええ。おみなちゃん、妾奉公は嫌だと云ってね。でも、旗本の殿さまが御執心でね。使いの侍が煩くやって来るんだよ。それで、おみなちゃん、知り合いの浪人さんに相談して、何とか断ろうとしているんだけどね」

おみなの知り合いの浪人とは、桂木左馬之助なのだ……。

新八は読んだ。

「私なら断りはしないんだけどねえ……」

年増は、厚化粧の顔に不気味な笑みを浮かべた。

「だろうなあ……」

新八は、思わず引きながら頷いた。

甘味処『花乃家』の裏口が開き、おみなが出て来た。

「あっ、おまちさん、私、今日は此れで……」

おみなは、厚化粧の年増に申し訳なさそうに頭を下げた。

「ああ。気を付けて、おっ母さんに宜しく……」

「ありがとうございます。じゃあ……」

おみなは、厚化粧の年増と新八に会釈をして帰って行った。

「さあて。じゃあ、あっしも。邪魔したね」

新八は、厚化粧の年増に笑い掛け、おみなを追った。

厚化粧の年増は苦笑し、握らされた小銭を袂に入れて店に戻って行った。

桂木左馬之助は、京橋を過ぎ外濠から続く汐留川《しおどめがわ》に架かっている中ノ橋を渡り、外濠沿いを西に進んだ。

幸吉と清吉は尾行た。

「親分、桂木、三斉小路の牧野の屋敷に行くんじゃありませんか……」

清吉は読んだ。

「ああ。きっとな……」

幸吉は頷いた。

左馬之助は、愛宕下大名小路に進み、田村小路に曲がった。

田村小路の先が三斉小路であり、牧野宗兵衛の屋敷がある。

左馬之助は、牧野宗兵衛の屋敷に来たのだ。

「間違いないな……」

幸吉は読んだ。

「はい……」

清吉は、喉を鳴らして頷いた。

左馬之助は、三斉小路を進んで牧野屋敷の前に佇《たたず》んだ。

幸吉と清吉は、物陰から見守った。

左馬之助は、牧野屋敷の潜り戸を叩いた。

下男が顔を出した。

左馬之助は、下男に何事かを告げた。

下男は、申し訳なさそうに何かを告げた。

左馬之助は肩を落とした。

下男は、潜り戸を閉めた。

左馬之助は、潜り戸から離れた。そして、牧野屋敷を眺めた。

「親分……」

「きっと、牧野宗兵衛が留守なんだろう」

幸吉は読んだ。

「ええ……」

「さあて、桂木左馬之助、どうするのか……」

幸吉は、牧野屋敷の前に佇む左馬之助を見張った。

入谷鬼子母神《きしもじん》の境内では、幼い子供たちが笑い声を上げて遊んでいた。

おみなは、鬼子母神の横手を進み古い長屋の木戸を潜り、奥に進んだ。

新八は、木戸に走った。

おみなは、古い長屋の奥の家に入った。

新八は、木戸から見届けた。


牧野宗兵衛は、不忍池の畔から下谷広小路に向かった。

和馬と勇次は尾行た。

牧野は、下谷広小路から三橋を抜けて仁王門前町に進んだ。そして、甘味処『花乃家』の暖簾を潜った。

「よし。勇次、三斉小路からわざわざ団子でも食べに来たのか、見定めてくれ」

和馬は命じた。

「承知。じゃあ……」

勇次は苦笑し、牧野に続いて甘味処『花乃家』の暖簾を潜って行った。

和馬は見送った。

牧野宗兵衛は、不忍池の上に床を張った店の縁台に腰掛けた。

「いらっしゃいませ……」

厚化粧の年増が注文を取りに来た。

「うむ。茶を貰おう……」

牧野は注文し、辺りを見廻した。

「はい。只今……」

「姐さん、俺にも茶を頼むよ」

隣に腰掛けた勇次が頼んだ。

「はい……」

厚化粧の年増は、板場に行こうとした。

「待て……」

牧野は、厚化粧の年増を呼び止めた。

「はい……」

厚化粧の年増は、怪訝《けげん》な顔で振り返った。

「今日、おみなはおらぬのか……」

牧野は、戸惑った面持ちで訊いた。

「ああ、おみなちゃんなら早退《はやび》けですよ」

厚化粧の年増は、笑顔で告げて立ち去った。

「早退け……」

牧野は、戸惑いを浮かべた。

「どうかしましたかい……」

勇次は笑い掛けた。

「う、うむ。別に何でもない……」

牧野は、不忍池を眺めて疲れ果てたように溜息を吐《つ》いた。

おみなとは何者なのか……。

牧野とどんな拘わりなのか……。

勇次は、牧野をそれとなく見張った。

不忍池に西日が煌めいた。

和馬は、不忍池の上に出た床の縁台に腰掛けて項垂《うなだ》れている牧野と勇次を眺めていた。

「あっ。神崎の旦那……」

新八が、和馬に駆け寄って来た。

「おう。新八……」

和馬は、新八を迎えた。

新八は、和馬の許に来て甘味処『花乃家』の床に勇次がいるのに気が付いた。

「勇次の兄貴の隣のお武家、ひょっとしたら牧野宗兵衛ですか……」

新八は眉をひそめた。

「ああ……」

和馬は頷いた。

甘味処『花乃家』から勇次が現れ、和馬と新八の許に駆け寄った。

「兄貴……」

新八が迎えた。

「おう。どうした……」

勇次は、新八に戸惑いの眼を向けた。

「花乃家におみなって奉公人がいてな。そいつが桂木左馬之助と良い仲のようだ

「……」

和馬は、新八に聞いたおみなの事を告げた。

「えっ。おみなって、牧野宗兵衛も捜していましたよ」

勇次は眉をひそめた。

「やはりな。して、牧野は……」

「今、出て来ます」

勇次は、甘味処『花乃家』の戸口を示した。

牧野宗兵衛は、甘味処『花乃家』から重い足取りで出て来た。

和馬、勇次、新八は見守った。

牧野宗兵衛は、俯《うつむ》き加減で下谷広小路に向かった。

「よし……」

和馬、勇次、新八は牧野を追った。

牧野は、下谷広小路から上野北大門町《きただいもんちょう》の裏通りに進んだ。

夕暮れの裏通りには、何軒かの居酒屋が既に暖簾を出していた。

牧野は、近くの居酒屋の暖簾を潜った。

「あっしが見て来ますか……」

新八は告げた。

「うん。そうしてくれ……」

和馬は頷いた。

「じゃあ……」

新八は、軽い足取りで居酒屋に入って行った。

「下谷で酒を飲んで三斉小路に帰るのは大変ですぜ……」

勇次は眉をひそめた。

「帰りは、町駕籠《まちかご》でも使うのだろう」

和馬は苦笑した。


居酒屋は、口開けから様々な客で賑わっていた。

新八は、酒を啜《すす》りながら隅で酒を飲んでいる牧野宗兵衛を見張った。

牧野は、吐息を洩らしながら酒を飲み続けていた。

疲れているようだ……。

新八は、酒を飲み続ける牧野を見詰めた。

居酒屋は賑わった。

僅《わず》かな刻《とき》が過ぎた。

酔った博奕打《ばくち》ちがよろめき、酒を飲んでいた牧野の背を押した。

牧野が口元に運んでいた猪口《ちょこ》から酒が零《こぼ》れ、口元と手を濡らした。

「無礼者……」

牧野は呟《つぶや》いた。

博奕打ちは聞こえなかったのか、仲間と楽し気に酒を飲んでいた。

新八は見守った。

「無礼者……」

牧野は、怒鳴り声を震わせた。

店内は静かになった。だが、それは一瞬であり、博奕打ちたち酔客は牧野を見てどっと笑った。

蔑みと侮りの笑いだった。

牧野は、悔しさと惨めさに突き上げられて激しく震えた。

拙《まず》い……。

新八の勘が囁いた。

次の瞬間、牧野は喚き声をあげて立ち上がり、刀を抜いた。

博奕打ちたち酔客は響動《どよ》めき、牧野を取り囲んで身構えた。

「おのれ、下郎……」

牧野は、怒りに震えて刀を翳《かざ》した。

「此の三一侍《さんぴんざむらい》……」

博奕打ちたち酔客は、猪口や徳利《とっくり》、皿や小鉢を牧野に投げ付けた。

牧野は、酒に濡れ、食べ掛けの料理を浴び、酔った足取りで刀を振り廻した。

博奕打ちたち酔客は、牧野に罵声《ばせい》を浴びせて辺りの物を投げ付け、背後から殴り蹴飛ばした。

牧野は、必死に抗《あらが》った。

博奕打ちたちは、牧野に物を投げて蹴り飛ばし続けた。

牧野は、居酒屋の腰高障子を破って外に転《ころ》げ出た。

行き交う人々は、腰高障子を破って転げ出て来た牧野に驚き、その手に握られた刀に悲鳴を上げて散った。

「和馬の旦那……」

「うん……」

和馬と勇次は緊張した。

居酒屋から博奕打ちたち酔客が現れ、牧野を取り囲んで囃《はや》し立てた。

「どうした、三一侍……」

「その刀は鈍《なまく》らか……」

博奕打ちたち酔客は、牧野を嘲り弄《もてあそ》んだ。

「黙れ。下郎……」

牧野は、酒と料理と土に汚れ、酔いにふらつく足取りで、嘲笑《ちようしよう》する博奕打ちたちに刀を振り廻した。

見守る和馬と勇次の許に、新八が駆け寄って来た。

「どうした……」

和馬は眉をひそめた。

「酔っ払い同士の喧嘩が派手な事になりましたよ……」

新八は、呆れたように事の次第を和馬と勇次に報せた。

牧野は、揶揄《からか》われ、馬鹿にされて博奕打ちたちに弄ばれた。

博奕打ちの一人が、腕を斬られて血を飛ばした。

「野郎……」

腕を斬られた博奕打ちが怒り、牧野を殴って蹴飛ばした。

牧野は、額から血を流して刀を落とし、倒れて踠《もが》いた。

「勇次、新八、此れ迄だ……」

和馬は命じた。

勇次と新八は、呼子《よびこ》笛《ぶえ》を吹き鳴らした。

博奕打ちたち酔客は、牧野の周りから素早く逃げ去った。

倒れた牧野が一人残された。

和馬は、勇次や新八と牧野に駆け寄った。

「おい。大丈夫か……」

和馬は、牧野に声を掛けた。

「お、俺は女衒《ぜげん》でも遣《や》り手でもない……」

牧野は、苦しく呟いて気を失った。

「牧野……」

和馬は眉をひそめた。

気を失った牧野の眼尻から涙が零れ、頬を伝って落ちた。

「和馬の旦那……」

勇次と新八は、戸惑いを浮かべた。

「うん……」

和馬は、牧野に微かな哀れみを覚えた。


不忍池には月影が映え、鳥の鳴き声が響いていた。

桂木左馬之助は、不忍池の畔を茅町二丁目に向かっていた。

幸吉と清吉は尾行た。

「どうやら、浄玄寺に帰るようですね」

清吉は読んだ。

「ああ……」

幸吉は頷いた。

左馬之助は、浄玄寺の山門に近付いた。

浄玄寺の山門は閉じられていた。

左馬之助は、閉められた山門を一瞥《いちべつ》して土塀沿いの小径を裏に向かった。

清吉は続こうとした。

「待ちな……」

幸吉は止めた。

「えっ……」

清吉は、戸惑いを過ぎらせた。

幸吉は、裏に行く左馬之助を見詰めた。

若い侍と半纏《はんてん》を着た男が現れ、左馬之助を追った。

「親分……」

清吉は緊張した。

「ああ……」

浪人の桂木左馬之助を見張る者が現れた。

何処の誰だ……。

幸吉は眉をひそめた。

三

南町奉行所の中庭には、木洩《こも》れ日が揺れていた。

久蔵の用部屋には、和馬と幸吉が訪れていた。

「それで、額に怪我をした牧野を医者に診せて、町駕籠で三斉小路の屋敷に送り届けてやりましたよ」

和馬は、久蔵に報せた。

「ならば、牧野宗兵衛の奥方や家族の者たちは驚いたであろう……」

久蔵は訊いた。

「そいつが、牧野宗兵衛、奉公人たちに屋敷の中に運ばれましてね。奥方は出て来ませんでしたよ」

和馬は苦笑した。

「出て来なかった……」

久蔵は眉をひそめた。

「はい。牧野は婿養子でして、奥方や隠居の義理の父親に一刻も早くお役目に就くように急かされているとか……」

和馬は、厳しい面持ちで告げた。

「それで、勘定奉行の永井織部の使い走りをしているのか……」

久蔵は読んだ。

「ええ。永井織部さまが見染めたおみなって茶店女の許に通い、永井さまの妾になってくれないかと頼んでいるそうですが……」

「おみなは断っているのだな」

「はい。で、おみなは恋仲の桂木左馬之助にいろいろ相談しているとか……」

「愚かな話だな……」

久蔵は、腹立たしさを窺わせた。

「はい。牧野宗兵衛自身も嫌々遣っているものと思われます」

和馬は読んだ。

「牧野、嫌がっているか……」

「はい。俺は女衒でも遣り手でもないと……」

和馬は、苦しく呟いた牧野を思い出した。

「そうか……」

久蔵は頷いた。

「それで、今は勇次が見張っています」

和馬は告げた。

庭に風が吹き抜け、木洩れ日が煌めいた。

「それで柳橋の、桂木左馬之助はどうした」

久蔵は、控えていた幸吉に話を振った。

「はい。昨日は三斉小路の牧野屋敷に行ったのですが、宗兵衛さまは留守で、暫《しばら》く待っても帰らず、諦めて茅町の浄玄寺に戻りましてね。そうしたら……」

幸吉は、昨日の桂木左馬之助の動きを報せた。

「何かあったか……」

「はい。浄玄寺に帰った桂木左馬之助を若い侍と半纏を着た男が待っていました」

幸吉は告げた。

「若い侍と半纏を着た男……」

久蔵は眉をひそめた。

「はい。それで、若い侍が半纏の男を左馬之助の見張りに残して浄玄寺から立ち去ったので、あっしも清吉を見張りに残して、若い侍を追いましてね」

幸吉は苦笑した。

「うむ。して、若い侍は何処に行ったのだ」

「はい。駿河台は錦小路の永井織部さまのお屋敷でした……」

幸吉は報せた。

「ならば、若い侍は永井織部の家来か……」

久蔵は読んだ。

「おそらく……」

幸吉は頷いた。

「永井織部、牧野宗兵衛を頼りにならぬと見限ったかな……」

久蔵は苦笑した。

「かもしれません。で、桂木左馬之助を見張って何をする気なのか……」

幸吉は、小さく笑った。

「うむ。永井織部か……」

久蔵は、厳しさを過ぎらせた。

「で、浄玄寺の清吉の許に由松《よしまつ》を助っ人にやり、雲海坊《うんかいぼう》を永井屋敷の見張りに……」

幸吉は、手配りを告げた。

「よし……」

久蔵は頷いた。

不忍池の弁財天は、朝から参拝客で賑わっていた。

仁王門前町の甘味処『花乃家』は、おみなや厚化粧の年増たち奉公人が掃除など開店の仕度に忙しかった。

新八は、不忍池の畔からおみなを見張った。

「新八……」

幸吉がやって来た。

「親分……」

「おみなに変わった事はないか……」

幸吉は、甘味処『花乃家』の床の掃除をしているおみなを眺めた。

「はい……」

新八は、おみなを見ながら頷いた。

おみなは、忙しく働いていた。

浄玄寺の本堂からは、住職の読む経が朗々と響いていた。

半纏を着た男は、浄玄寺の山門前から桂木左馬之助の出入りを見張った。

清吉と由松は、半纏を着た男を見張った。

「野郎、桂木左馬之助を見張ってどうする気なんですかね……」

清吉は眉をひそめた。

「どうする気か分からないが、どうせ陸《ろく》な事じゃあねえだろう」

由松は苦笑した。


三斉小路の牧野屋敷は暗く沈んでいた。

勇次は、裏門から出入りをしている酒屋や油屋の手代に聞き込んだ。

「へえ、御隠居さまと奥方さまの御機嫌、そんなに悪いのかい……」

「ええ。女中のおよねさんの話じゃあ、怪我をして寝込んだ旦那さまを口汚く罵《のの》り、奉公人たちに当たり散らしているそうですよ」

酒屋の手代は、恐ろしそうに告げた。

「へえ。そんなに酷《ひど》いのかい……」

「ええ。旦那さまは婿養子でしてね。いろいろあるんでしょうね」

手代は、宗兵衛に同情した。

「いろいろか……」

勇次は、牧野屋敷を眺めた。

「おう……」

和馬がやって来た。

「和馬の旦那……」

「どうだ、牧野宗兵衛は……」

「ええ……」

勇次は、酒屋の手代に聞いた話を和馬に告げた。

「そうか。惨めな婿養子だな……」

和馬は、哀れむような眼差しで牧野屋敷を眺めた。

牧野屋敷には出入りする者もなく、異様な緊張感に満ちていた。


駿河台錦小路の旗本屋敷街は、静寂に満ちていた。

雲海坊は、旗本屋敷の中間頭《ちゆうげん》に金を握らせて中間長屋に潜み、斜向《はすむ》かいの永井織部の屋敷を見張っていた。

幸吉が、外濠に架かっている神田御門の方から来るのが見えた。

雲海坊は、幸吉を中間長屋に呼び入れた。

幸吉は、中間頭に礼を云って中間長屋に入り、雲海坊と武者窓の傍に座った。

「今の処、永井屋敷に妙な動きはないか……」

「うん。それにしても永井織部、二十八歳で勘定奉行とはかなりの切れ者なのかな」

雲海坊は尋ねた。

「いや。今度の一件を見ると、とても切れ者とは思えない陸でなしだ。家柄で勘定奉行になったんだろうな」

幸吉は苦笑した。

「家柄ねえ……」

「ああ。雲海坊……」

幸吉は、斜向かいの永井屋敷から出て来た若い侍に気が付いた。

「親分。奴が……」

「ああ。昨夜、桂木左馬之助の家に来た奴だ」

「頭。誰かな……」

雲海坊は、中間頭を招き、武者窓から見える若い侍を示した。

「ああ。あいつは使い走りの松本慎太郎《まつもとしんたろう》って家来だぜ」

中間頭は告げた。

松本慎太郎は、幸吉と雲海坊の潜んでいる旗本屋敷の前を通り、神田八つ小路の方に向かった。

「よし。雲海坊は引き続き永井屋敷を見張れ、俺は松本慎太郎を追う」

「承知……」

幸吉は、頷いた雲海坊を残して若い侍、松本慎太郎を追った。

僅かな刻が過ぎた。

「おっ。腰巾着《こしぎんちゃく》がお出掛けか……」

中間頭は、武者窓から見える永井屋敷から現れた家来を示した。

「腰巾着……」

雲海坊は眉をひそめた。

「ああ。倉田市蔵《くらたいちぞう》って奴でね。永井の殿さまの悪所通いに賭場《とば》通いの若い頃からのお供だよ」

中間頭は苦笑した。

倉田市蔵は塗笠を被り、小者を従えて神田八つ小路に向かった。

「よし……」

雲海坊は、倉田市蔵を追う事にした。

神田川に架かっている昌平橋は、多くの人が行き交っていた。

松本慎太郎は、昌平橋を渡って神田明神の横手に進んだ。

幸吉は尾行た。

神田明神の横手の町には、潰れた飲み屋があった。

松本慎太郎は、潰れた飲み屋に横手の板戸から入って行った。

幸吉は見届けた。

潰れた飲み屋はどのような処なのか……。

松本慎太郎は、潰れた飲み屋に入って何をするつもりなのか……。

幸吉は、近所の者に聞き込みを掛けた。

飲み屋は一年前に潰れて空き家になっていた処、いつの間にか食詰浪人や博奕打ちたちが居着いていた。

松本慎太郎は、食詰浪人や博奕打ちたちにどんな用があるのか……。

幸吉は、潰れた飲み屋を見張った。

下谷広小路は賑わった。

仁王門前町の甘味処『花乃家』には客が次々と訪れ、おみなは忙しく働いていた。

新八は、見張り続けた。

東叡山寛永寺の鐘が未《ひつじ》の刻八つ（午後二時）を打ち鳴らした。

おみなが、甘味処『花乃家』の裏口から出て来た。

今日も早退けか……。

新八は、おみなを見守った。

おみなは、行き交う人々の間を山下に向かった。

早退けして入谷鬼子母神近くの長屋に帰るのか……。

新八は追った。

潰れた飲み屋の裏口が開いた。

幸吉は、物陰から見守った。

松本慎太郎は、飲み屋の裏口から三人の浪人と出て来た。そして、明神下の通りに向かった。

幸吉は追った。

旗本永井家家来松本慎太郎は、三人の食詰浪人と不忍池の畔を足早に進んだ。

松本たちは茅町に向かっていた。

茅町の浄玄寺に行き、桂木左馬之助を闇討ちにでもする気なのか……。

幸吉は読んだ。


松本と三人の浪人は、浄玄寺の山門に近付いた。

半纏を着た男が物陰から現れ、松本と三人の浪人を迎えた。

由松と清吉は見守った。

「どうだ、千吉《せんきち》……」

松本は、半纏を着た男を千吉と呼んだ。

「昨夜、帰って来たままですぜ」

千吉は、薄笑いを浮かべた。

「よし。じゃあ……」

松本は、三人の浪人に笑い掛けた。

「ああ……」

三人の浪人は頷いた。

松本は、千吉や三人の浪人と浄玄寺の裏の家作に向かった。

由松と清吉は見送った。

「由松、清吉……」

幸吉が現れた。


裏門は微かに軋《きし》んだ。

千吉は、裏庭に忍び込んだ。

松本と三人の浪人が続いた。

千吉、松本、三人の浪人は、家作の庭先に廻った。

家作は障子が閉められていた。

松本は、刀を抜き払った。

三人の浪人が続き、縁側に上がろうとした。

刹那、障子が開き、桂木左馬之助が刀を手にして縁側に出て来た。

松本と三人の浪人は驚き、後退した。

「来たか、曲者《くせもの》……」

左馬之助は嘲笑した。

「お、おのれ……」

「勘定奉行永井織部の家来が昼日中《ひるひなか》、寺の家作に押込む曲者とはな……」

「黙れ……」

松本は、縁側にいる左馬之助に猛然と斬り掛かった。

左馬之助は、刀の鞘尻《さやじり》で鋭く松本の顔を突いた。

軽やかな音が鳴った。

松本は気を失い、大きく仰《の》け反り倒れた。

三人の浪人は怯んだ。

「殺《や》るか……」

左馬之助は、三人の浪人と千吉に楽し気に笑い掛けた。

腕が違い過ぎる……。

千吉と三人の浪人は、我先に逃げた。

木蔭から飛び出した由松が、千吉に足を飛ばした。

千吉は、由松に足を掛けられて前のめりに顔から倒れた。

「神妙にしな……」

由松が、倒れた千吉を押さえ付けた。

「離せ、離してくれ……」

千吉は、必死に抗った。

「千吉、金で雇われた食詰浪人と違い、手前は見逃す訳にはいかないんだよ」

由松は苦笑し、千吉を張り飛ばして捕り縄を打った。

清吉は、気を失って倒れている松本に捕り縄を打って引き摺《ず》り起こした。

「おぬしたちは……」

左馬之助は、松本と千吉を引き据えている幸吉、由松、清吉に怪訝な眼を向けた。

「あっし共は南町奉行所吟味方与力の秋山久蔵さまと同心の神崎和馬さまから手札を預かっている者でしてね、桂木さまの命を狙った松本慎太郎と千吉を御縄にしますぜ」

幸吉は、十手を見せて笑った。

「南町の秋山久蔵どの……」

左馬之助は、戸惑いを浮かべた。

「ええ。秋山さまが、松本慎太郎が誰に命じられて桂木さまを狙ったか吐かせるでしょう」

幸吉は告げた。

「そうか……」

左馬之助は、笑みを浮かべて頷いた。

入谷鬼子母神傍の古長屋には、赤ん坊の泣き声が響いていた。

新八は木戸の陰に潜み、おみなと母親の住む奥の家を見張っていた。

おみなは、甘味処『花乃家』から帰り、病の母親の世話や掃除洗濯に忙しく働いていた。

新八は見張った。

塗笠を被った武士が、小者を従えて来て古長屋の木戸を潜った。

何だ……。

新八は、場違いな訪問者に戸惑った。

塗笠を被った武士と小者は、奥のおみなの家の腰高障子を叩いた。

おみなに用があるのか……。

新八は眉をひそめた。

「新八……」

雲海坊が背後に現れた。

「雲海坊さん……」

「誰の家だ……」

「おみなって人の家です」

「そうか。おみなの家か……」

「で、あの侍は……」

「永井織部の家来の倉田市蔵だ……」

「永井の家来……」

新八と雲海坊は、木戸の陰から倉田と小者を窺った。

四

おみなの家の腰高障子が開いた。

「あの、何か……」

おみなが、怯《おび》えた面持ちで家から現れた。

「うむ。私は旗本永井家家臣倉田市蔵。おみなどの、永井織部さまがお待ち兼だ。一緒に来て貰おう」

倉田は、永井織部に命じられておみなを連れに来たのだ。

「そんな。参りません……」

おみなは後退《あとずさ》りした。

「ならぬ……」

倉田は、おみなの腕を摑《つか》んだ。

「野郎……」

新八は、懐の萬力鎖《まんりきぐさり》を握った。

経を読む声が響いた。

新八は驚いた。

雲海坊が、経を読みながらおみなの家に向かった。

雲海坊さん……。

新八は、慌てて続いた。

倉田と小者、そしておみなは、経を読みながら近付く雲海坊を怪訝に見詰めた。

「やあ。おみなちゃん、おっ母さんの具合はどうかな……」

雲海坊は、倉田と小者に構わずおみなに親し気に話し掛けた。

「は、はい。相変わらずにございます」

おみなは、戸惑いながらも微かな安堵《あんど》を過ぎらせた。

「それは重畳《ちょうじょう》……」

雲海坊は微笑んだ。

「坊主……」

倉田は、腹立たし気に雲海坊を睨んだ。

「して、此方《こちら》の方々は……」

雲海坊は、倉田と小者を睨み返した。

「はい。此方はお旗本の永井……」

おみなは、雲海坊に教えようとした。

「おお、勘定奉行の永井織部どのの御家中の方々か……」

雲海坊は、おみなの言葉を大声で遮《さえぎ》った。

「は、はい……」

おみなは頷き、倉田と小者は狼狽えた。

「して、永井織部どのの御用は……」

雲海坊は訊き返した。

「おみな、後日改めて出直して来る。それ迄に仕度をしておくのだな」

倉田と小者は、雲海坊を腹立たし気に睨んで木戸に向かった。

雲海坊と新八は、倉田と小者が古長屋の木戸から出て行くのを見届けた。

おみなは、安堵を浮かべた。

「大丈夫かい……」

雲海坊は笑い掛けた。

「は、はい。危ない処を助かりました。ありがとうございました」

おみなは、雲海坊と新八に礼を述べた。

「いや。無事で何より。して、奴らは何と……」

「私に永井織部さまのお妾になれと……」

「妾……」

「はい。私はお断りしているのですが……」

おみなは、哀し気に項垂れた。

「そうか……」

雲海坊と新八は、おみなを痛ましそうに見守った。

大番屋《おおばんや》の詮議場は、薄暗く冷えびえとしていた。

幸吉と下役人は、松本慎太郎を筵《むしろ》の上に引き据えた。

「止めろ、無礼者。俺は旗本永井織部さま家中の者だ。町奉行所に捕らえられる謂れはない……」

松本は喚き、必死に抗った。

「静かにしな……」

幸吉は、喚き抗う松本の頬を鋭く平手打ちにした。

甲高《かんだか》い音が短く鳴り、松本は黙り込んだ。

久蔵が現れ、座敷の框《かまち》に腰掛けた。

松本は緊張し、久蔵を上目遣いに窺った。

「私は南町奉行所吟味方与力秋山久蔵……」

久蔵は、松本を厳しく見据えた。

「か、剃刀《かみそり》久蔵……」

松本は、恐怖に震えた。

「松本、何故、浪人の桂木左馬之助の命を狙った……」

「私的な遺恨にございます。そして、秋山さま手前は旗本永井家家臣、町奉行所の……」

「松本……」

久蔵は遮った。

「はい……」

「永井織部、闇討ちをしくじって捕らえられた者を家来だと認めるかな……」

久蔵は、松本を冷ややかに一瞥した。

「えっ……」

「松本慎太郎、既に永井家から暇を取らせた拘わりなき者。浪人として扱い、存分の仕置きを、と云うのに決まっている」

「そ、そんな……」

松本は呆然とした。

「松本、永井織部の人物、人柄から見てそうは思わぬか……」

久蔵は苦笑した。

松本は、久蔵の言葉に俯いた。

「松本慎太郎、その方、誰に命じられて桂木左馬之助の命を奪わんとしたのだ」

久蔵は、改めて問い質《ただ》した。

「永井織部さま、勘定奉行の永井織部さまに命じられての所業です」

松本は、覚悟を決めて声を震わせた。

「何故だ……」

久蔵は、重ねて尋ねた。

「見染めた女を妾にする為に……」

松本の声に虚しさが滲んだ。

「その為、お役目推挙を願う牧野宗兵衛に女衒や遣り手の真似をさせ、おぬしたち家来を扱《こ》き使うか……」

久蔵は、腹立たし気に読んだ。

松本は項垂れた。

「痴《し》れ者が……」

久蔵は吐き棄てた。

南町奉行所は忙しい刻も過ぎ、静けさが訪れていた。

久蔵は、幸吉を従えて戻った。

和馬が待っていた。

「そうか。牧野宗兵衛、寝込んだまま動かないか……」

久蔵は眉をひそめた。

「はい。牧野宗兵衛、最早、永井織部の指図は受けぬものと思われます」

和馬は読んだ。

「おそらくな。よし、牧野宗兵衛の見張りは此れ迄だ」

久蔵は決めた。

「じゃあ和馬の旦那。勇次を牧野屋敷から引き上げ、おみなを見張る雲海坊や新八の許にやります」

幸吉は告げた。

「ああ……」

和馬は頷いた。

「して柳橋の、桂木左馬之助には由松と清吉が張り付いているのだな」

「はい。ま、桂木左馬之助さんに用心棒は無用でしょうが……」

幸吉は苦笑した。

「それ程の遣い手か、桂木左馬之助は……」

和馬は感心した。

「ええ……」

幸吉は頷いた。

「よし。ならば、そろそろ永井織部に逢うか……」

久蔵は、不敵な笑みを浮かべた。

三斉小路の牧野屋敷は、出入りする者もなく静寂に覆われていた。

勇次は見張っていた。

「勇次……」

幸吉がやって来た。

「親分……」

「変わった事はないか……」

「はい」

「じゃあ、此処の見張りは此れ迄だ。入谷に行って貰う」

「入谷ですか……」

「ああ……」

幸吉は頷いた。

刹那、牧野屋敷から悲鳴が上がり、下男や女中たちが血相を変えて転がり出て来た。

「どうした……」

幸吉と勇次は驚き、へたり込んでいる下男や女中に駆け寄った。

「だ、旦那さまが御隠居さまと奥方さまを……」

下男は、声を引き攣《つ》らせて屋敷を指差した。

幸吉と勇次は、牧野屋敷に駆け込んだ。

牧野屋敷には血の臭いが漂っていた。

「親分……」

「ああ。奥だ……」

勇次と幸吉は、血の臭いを辿《たど》って屋敷の奥に進んだ。

奥の座敷には、白髪《しらが》の年寄りと武家の妻女が血塗《ちまみ》れで倒れていた。

勇次と幸吉は驚いた。

「御隠居さまと奥方さまです……」

勇次は、声を引き攣らせた。

「ああ……」

幸吉と勇次は、隠居と奥方の様子を診た。

「親分、御隠居は駄目です……」

勇次は、首を横に振った。

「奥方は未だ息がある……」

幸吉は告げた。

「お医者だ。お医者を呼んで来てくれ」

勇次は、恐る恐る顔を見せた下男に告げた。

「は、はい……」

下男は、飛び出して行った。

勇次は、奥方の傷の応急手当を始めた。

「どうやら、旦那の仕業《しわざ》のようだな……」

婿養子の宗兵衛は、お役目に就くように煩く言い募る隠居と奥方に逆上し、凶行に及んだのだ。

幸吉は睨み、屋敷内に宗兵衛を捜した。だが、宗兵衛は裏門から逃げ去っており、何処にもいなかった。

錦小路の永井屋敷は緊張に満ちていた。

久蔵は書院に通された。

書院の周囲には、人が潜む気配がした。

久蔵は、永井織部が来るのを待った。

僅かな刻が過ぎた。

勢いのある足音がし、三十歳前の武士がやって来た。

「勘定奉行の永井織部だ」

永井織部は、居丈高《いたけだか》に云い放った。

「南町奉行所吟味方与力の秋山久蔵です」

久蔵は、永井を見据えて名乗った。

「うむ。して秋山、町奉行所吟味方与力が何用だ」

永井は、傲岸不遜《ごうがんふそん》に云い放った。

懸想した町娘を口説くよう、若い永井に命じられた中年の牧野宗兵衛は、どのような想いだったのか……。

久蔵は、牧野宗兵衛を秘かに哀れみ、永井に向かった。

「此方の御屋敷に町娘に懸想《けそう》し、我が物にしようと使いの者に執念深く口説かせ、埒《らち》が明かぬと、恋仲の浪人の闇討ちを企てる痴れ者がおりましてな……」

久蔵は、嘲笑を浮かべた。

「何、痴れ者とな……」

永井は、痴れ者と蔑まれて怒りを浮かべた。

「如何にも。嫌われていると知りながら、我が物にしようと画策する往生際の悪さは、他の旗本や家来を巻き込んで咎人《とがにん》にする悪業愚行、痴れ者以外の何者でもありますまい」

久蔵は苦笑した。

「おのれ。痴れ者ならば何とする……」

永井は尋ねた。

「斬り棄てるのが一番……」

久蔵は苦笑した。

「斬り棄てるだと……」

永井は眉をひそめた。

「それが無理なら、出家されるが良いかと……」

「出家とな……」

永井は、狡猾《こうかつ》さを過ぎらせた。

「乱心した痴れ者ならば、切腹をせずとも許されるでしょう」

久蔵は、冷ややかに告げた。

「そうか、出家か……」

「さもなければ、お目付、評定所の切腹の仕置を受けられるか……」

「評定所の切腹の仕置……」

永井は、顔を歪《ゆが》めた。

「左様。ま、何を選ぶのかは痴れ者次第。だが、どちらも嫌だとなれば、次はないと覚悟されるが良いと……」

久蔵は見据えた。

「秋山、話は分かった。痴れ者にそう申し伝えよう。倉田……」

永井は、腹立たし気に久蔵に告げ、倉田市蔵を呼んだ。

「お呼びですか……」

倉田市蔵が廊下に現れた。

「秋山が帰る。見送るが良い」

「はっ。では、秋山さま……」

倉田は、久蔵を促《うなが》した。

「ならば、此れにて……」

久蔵は、永井に一礼し、刀を手にして立ち上がった。

周囲に潜む者たちの気配が揺れた。

殺気……。

久蔵は、揺れた気配の中に微かな殺気を感じた。

だが、殺気は直ぐに消えた。

久蔵は、周囲を鋭く見廻し、倉田に続いて書院を後にした。

周囲に潜む者たちに安堵の気配が湧いた。

久蔵は苦笑し、倉田に誘《いざな》われて式台に向かった。

「おのれ、秋山久蔵……」

永井は、怒りを浮かべて久蔵を見送った。

庭の植木の繁みが揺れた。

久蔵は、倉田に誘われて式台に出た。

「それでは、秋山さま……」

倉田は、久蔵に狡猾な眼差しを向けた。

「うむ。造作を掛けたな……」

久蔵は、式台から三和土《たたき》に下りた。

刹那、男の怒号と悲鳴が屋敷の奥からあがった。

倉田は、戸惑いを浮かべた。

「書院だ……」

久蔵は、怒号と悲鳴が書院から上がったと睨み、廊下を駆け戻った。

「あ、秋山さま……」

倉田は、慌てて続いた。

久蔵は、倉田と書院に駆け戻った。

永井織部は、血の流れる肩を抱えて書院の隅に蹲《うずくま》り、恐怖に震えていた。

「や、止めろ、牧野。推挙する。お役目に推挙する。止めろ……」

永井は、恐怖に震えながら必死に叫んだ。

「黙れ、永井織部……」

旗本の牧野宗兵衛が眼を血走らせ、蹲って震える永井に刀を振り翳していた。

振り翳した刀は血に濡れ、小刻みに震えていた。

刀を抜いた家来たちは、牧野と永井を及び腰で取り囲んでいた。

「ま、牧野……」

倉田は、声を震わせた。

牧野宗兵衛……。

久蔵は、牧野宗兵衛が永井を討ち果たしに来たのに気が付いた。

「止めろ、牧野宗兵衛……」

久蔵は制した。

「死ね。永井織部……」

牧野は、声を引き攣らせて刀を斬り下げた。

肉を断つ音が鳴った。

永井織部は、額を斬り割られて血を振り撒《ま》き、押し潰されるように斃《たお》れた。

「と、殿……」

家来たちは狼狽えた。

「おのれ。斬れ、斬り捨てろ……」

倉田が嗄《しゃが》れ声を震わせた。

家来たちが、弾かれたように牧野に殺到した。

怒声と物音が響き、血と刀の煌めきが飛び散った。

一瞬の出来事だった。

牧野宗兵衛は、悲鳴も呻《うめ》きも上げずに崩れ落ちていく。

久蔵に止める間はなかった。

牧野宗兵衛……。


旗本牧野宗兵衛は、婿入り先の舅を斬殺して奥方に重傷を負わせ、勘定奉行永井織部を斬り棄て、家来たちに討ち果たされて滅んでいった。

久蔵は、牧野宗兵衛が抱いた悔しさと哀しさ、そして虚しさを知った。

評定所は、旗本牧野家を取り潰しにし、永井家には家禄半減の沙汰を下した。

一件は終わった。

久蔵は、大番屋に捕えてあった松本慎太郎を放免した。

暮六つが過ぎても町は明るかった。

久蔵は、迎えに来た太市を従えて南町奉行所を後にし、八丁堀岡崎町に向かった。

「それで、浪人の桂木左馬之助さんはどうしたんですか……」

「うむ。おみなと祝言をあげてな。病の母親を引き取ったよ」

太市は尋ねた。

「そいつは良かった。ですが、暮らし向きは大変でしょうね」

「おそらくな。しかし、そいつは覚悟の上の筈《はず》だ……」

久蔵は笑った。

夕陽は沈み始め、八丁堀沿いの道を行く久蔵と太市主従の影を長く伸ばした。

第二話

恩返し

一

不忍池の畔に木洩れ日は揺れた。

料理屋『香月《こうげつ》』は、昼食の時も過ぎて漸《よう》く静けさを取り戻した。

仲居のおしのは、連なる座敷に新しい酒を運ぶのに忙しかった。

「お邪魔致します……」

おしのは、新しい酒を置いて座敷『百合の間』を襖《ふすま》を開けた。

『百合の間』の奥には、羽織を着た大店《おおだな》の旦那風の初老の男が仰《あお》向《む》けに倒れ、傍らに総髪の若い浪人が厳しい面持ちで立ち尽くしていた。

えっ……。

おしのは戸惑った。

そして、倒れている初老の旦那風の男の胸に匕首《あいくち》が突き刺さっているのに気が付き、驚きの声を短く上げた。

うん……。

総髪の若い浪人は我に返り、おしのに気が付いて激しく狼狽えた。

あっ……。

おしのは、総髪の若い浪人の顔を見て驚いた。

総髪の若い浪人は、身を翻《ひるがえ》して縁側から庭に逃げた。

おしのは立ち上がった。そして、よろめいて戸口の柱に摑まり、己の身を支えた。

「誰か、誰か……」

おしのは、引き攣った声で叫んだ。


南町奉行所定町廻り同心の神崎和馬は、迎えに来た下っ引の勇次と料理屋『香月』の木戸門を潜った。

料理屋『香月』の『百合の間』には、岡っ引の柳橋の幸吉が新八、清吉と駆け付けて来ていた。

「御苦労さまです。和馬の旦那……」

幸吉は、和馬を迎えた。

「おう。柳橋の。仏さんは……」

「こちらです」

幸吉は、和馬を『百合の間』にある初老の旦那の死体の傍に誘った。

和馬は、初老の旦那の死体に眉をひそめた。

「胸を匕首で突き刺されています」

幸吉は、初老の旦那の胸に突き刺さっている匕首を示した。

「うむ。一突きか……」

和馬は眉をひそめた。

「ええ。手慣れた奴の仕業ですかね」

「おそらくな。して、仏が何処の誰か、分かったのかな」

「はい。神田三河町《みかわちよう》の口入屋戎屋《えびすや》の吉五郎《きちごろう》って旦那です」

「ほう。口入屋の戎屋吉五郎か……」

「はい……」

「で、戎屋吉五郎、此処には一人で来ていたのかな……」

「いえ。総髪の若いお侍と来たそうです」

「ならば、その侍は……」

「はい。仲居のおしのさんが此の座敷に来た時には、既に吉五郎さんは死んでおり、庭に続く障子が開いていたそうです」

幸吉は、戸口で身を縮めている仲居のおしのを示した。

「仲居のおしのか……」

和馬は、仲居のおしのの前にしゃがんだ。

「はい……」

おしのは、緊張した面持ちで頷いた。

「お前が此処に来た時、吉五郎と一緒の侍はどうしていた」

「お侍さまも、何方《どなた》もいらっしゃいませんでした」

和馬は尋ねた。

おしのは、緊張に声を掠《かす》れさせた。

「そうか。誰もいなくて、縁側の障子が開いていたのか……」

「はい……」

おしのは頷いた。

「庭から外に出られるのかな」

和馬は、開いている障子を示した。

「はい。庭続きの裏木戸から出られます」

おしのは、怯えたように告げた。

「そうか。して、その一緒に来ていた総髪の若い侍、名前は何て云うのかな……」

和馬は尋ねた。

「さあ。三河町の口入屋戎屋の吉五郎旦那のお連れさまとしか……」

おしのは困惑した。

「名は分らぬか……」

「はい……」

おしのは頷いた。

「総髪の若い侍の名は、女将《おかみ》さんたちも分からないそうです」

幸吉は告げた。

「良く分かった。御苦労だったな、引き取って一休みすると良い」

和馬は、おしのを労《ねぎら》った。

「はい。ありがとうございます」

おしのは立ち上がり、和馬や幸吉たちに深々と頭を下げて出て行った。

「吉五郎さんを殺ったのは、一緒に来た総髪の若い侍ですかね……」

幸吉は睨んだ。

「今の処、そいつが一番だな」

和馬は頷いた。

「親分。これは神崎の旦那……」

入って来た新八は、和馬に挨拶をした。

「おう。どうだった……」

「はい。仲居が吉五郎さんの死体を見付ける前に帰って行った侍はいないようです」

新八は報せた。

「障子の開いた縁側から庭伝いに出て行った侍はどうなのだ……」

和馬は尋ねた。

「そいつなんですが、庭は裏木戸に続いていましてね。料理屋の者に気付かれずに出入りが出来まして……」

新八は眉をひそめた。

「そいつも分からないか……」

「はい。清吉が引き続き、聞き込みをしていますが……」

「そうか……」

和馬は頷いた。

「じゃあ、和馬の旦那。吉五郎さんを家に帰してやりますか……」

幸吉は、和馬の指図を仰《あお》いだ。

「うん。で、柳橋の。先《ま》ずは吉五郎が殺された理由。遺恨の辺りから調べてみるか……」

和馬は、探索方針を決めた。

「はい。じゃあ勇次、俺は清吉と仏のお供をして三河町の口入屋戎屋に行ってみる。お前は新八と界隈の聞き込みを続け、総髪の若い侍の足取りを探してくれ」

幸吉は命じた。

「承知……」

勇次は頷いた。

「ほう。三河町の口入屋戎屋の主が殺されたのか……」

久蔵は、和馬の報告を聞き終えた。

「はい。それで今、柳橋が遺恨の辺りから探索を始めています」

和馬は報せた。

「うむ。して和馬。殺された戎屋の主と一緒に料理屋に行った名の知れぬ総髪の若い侍は姿を消したのだな」

久蔵は念を押した。

「はい。仲居が座敷に行って戎屋の主の死体を見付けた時には既にいなく、裏木戸に続く庭に出る障子が開いていたそうです」

「庭伝いに逃げたか……」

「おそらく。それで、勇次と新八が足取りを探しています」

「そうか……」

久蔵は眉をひそめた。

「何か……」

和馬は戸惑った。

「和馬、料理屋の仲居の云っている事に間違いないのだろうな」

「えっ……」

「その辺り、良く調べてみな……」

久蔵は、小さな笑みを浮かべた。


外濠鎌倉河岸は煌めいていた。

神田三河町は鎌倉河岸の向かい側にあり、口入屋『戎屋』は一丁目にあった。

幸吉と清吉は、吉五郎の死体を内儀のおあきに引き渡し、聞き込みを始めた。

「で、吉五郎の旦那、今日は誰と逢うと云って出掛けたんですか……」

「さあ、誰と逢うかは聞いてはおりませんが、今はお出入りを許されている呉服屋丸菱屋《まるびしや》の御隠居さまに頼まれた人を捜していましたので、きっとその拘わりの人とでも……」

「呉服屋丸菱屋の御隠居に頼まれた人……」

「はい。確かそう申しておりました」

内儀のおあきは、旦那の吉五郎が殺された動揺も見せず淡々と応じた。

余り仲の良い夫婦ではなかったのかもしれない……。

幸吉は睨んだ。

「御隠居に頼まれた人ってのは、総髪の若い侍じゃありませんかい……」

「さあ、どうなんでしょう……」

内儀のおあきは知らなかった。

「そうですか。で、お内儀さん、吉五郎の旦那、誰かに恨まれていたような事は……」

「さあ、恨まれているなんて、なかったと思いますが、その辺の事は……」

内儀のおあきは眉をひそめた。

「分かりませんか……」

「ええ……」

内儀のおあきは頷いた。

「聞きましたよ。お内儀さん……」

自身番の家主と店番《たなばん》たちが弔問に駆け付けて来た。

「此れは、皆さん……」

内儀のおあきは、着物の袂で顔を覆って涙を拭《ぬぐ》った。

幸吉は苦笑した。

口入屋『戎屋』は弔《とむら》いの仕度を始めた。

幸吉と清吉は、出て来た口入屋『戎屋』を振り返った。

「急に泣き出しましたね……」

清吉は戸惑った。

「ああ。出ていない涙を慌てて隠してな。中々遣り手のお内儀だよ」

幸吉は笑った。

「それにしても、旦那が殺されたってのに……」

清吉は呆れた。

「清吉、戎屋の旦那夫婦、余り仲が良くないようだな」

幸吉は読んだ。

「そうですか……」

「よし。呉服屋の丸菱屋の御隠居に逢いに行くよ……」

幸吉は、清吉を従えて呉服屋『丸菱屋』に向かった。

不忍池の畔には、散策する者はいても、長く居続ける者は少ない。

勇次と新八は、料理屋『香月』の周囲の者に聞き込みを掛けていた。だが、総髪の若い侍を見掛けた者は見付からなかった。

「足取りを追うどころか、追う足取りも見付からないか……」

勇次は、溜息を吐いた。

「勇次の兄貴……」

新八は、不忍池の畔を行く女を示した。

「うん……」

勇次は、新八の示した女を見た。

「香月のおしのさんですぜ」

新八は、女が料理屋『香月』の仲居のおしのだと告げた。

おしのは、足早に進んでいた。

「早退けしたんですかね」

新八は読んだ。

「うん。よし、新八。聞き込みは俺が続ける。お前はおしのを追ってみな……」

勇次は命じた。

「おしのさんをですか……」

新八は戸惑った。

「ああ……」

勇次は頷いた。

「じゃあ……」

新八は、おしのを小走りに追った。

不忍池は煌めいた。


神田鍛冶町の呉服屋『丸菱屋』の隠居は、幸吉と清吉を離れの隠居所に迎えた。

「さあて、柳橋の親分さん、此の隠居に何の御用ですかな」

隠居は、幸吉と清吉に屈託のない笑顔を向け、茶を淹《い》れ始めた。

「はい。御隠居さまは三河町の口入屋戎屋の吉五郎さんを御存知ですね」

「ええ。昔から店の奉公人の口利きをして貰っていますよ」

「そうですか。で、今は……」

「うむ。夜釣りのお供を捜して貰っていましてな……」

「夜釣りのお供ですか……」

「ええ。腕が立って夜に強く、話し相手にもなる釣り好きのお侍はいないかとね。

ま、どうぞ……」

隠居は、幸吉と清吉に茶を差し出した。

「ありがとうございます。中々、難しいお供ですね」

幸吉は笑った。

吉五郎が料理屋『香月』で逢っていた総髪の若い侍は、隠居の夜釣りのお供の候補の一人だったのかもしれない。

「ええ。で、吉五郎に捜して貰っていますが、吉五郎がどうかしましたか……」

隠居は、幸吉に怪訝な眼を向けた。

「御隠居さま、実は戎屋吉五郎さん、何者かに殺されましてね……」

幸吉は、隠居を見詰めて告げた。

「えっ。殺された……」

隠居は驚き、声を震わせた。

嘘偽りはない……。

幸吉は、隠居の驚きを見定めた。

「それで親分、吉五郎は誰に何故……」

隠居は眉をひそめた。

「御隠居さまには、その辺りに何かお心当たりはございませんか……」

幸吉は尋ねた。

「心当たりねえ……」

「はい、何か変わった事でも良いのですが……」

「変わった事と云えば吉五郎。近頃、お出入りを許された御同朋頭のお手伝いをしているとか……」

「御同朋頭のお手伝いですか……」

幸吉は眉をひそめた。

「うむ……」

「何て名前の御同朋頭でしょうか……」

「さあて、そこ迄は……」

隠居は首を捻《ひね》った。

出入りを許されている御同朋頭ならば、口入屋『戎屋』の帳簿を見れば分かる筈だ。

「そうですか。いや、御造作をお掛け致しました……」

幸吉は、隠居に礼を述べ、清吉と一緒に呉服屋『丸菱屋』を出た。

不忍池の畔から湯島天神《ゆしまてんじん》裏門坂道に出たおしのは、女坂から湯島天神の東の鳥居を潜って境内に入った。

新八は尾行た。

おしのは、拝殿に手を合わせて南の大鳥居から湯島天神を出た。そして、湯島天神前の通りを妻恋町《つまこいちょう》に進んだ。


妻恋町の紅梅長屋。

おしのは、木戸に梅の木のある紅梅長屋の奥の家に入った。

新八は見届けた。

紅梅長屋の奥の家は、おしのの住まいなのか……。

新八は、それとなく近所に聞き込みを掛けて見張った。

おしのは二十七歳であり、紅梅長屋の奥の家に一人で暮らしていた。

僅かな刻が過ぎた。

おしのが現れ、本郷の通りに向かった。

新八は尾行た。

本郷の通りは湯島から白山権現《はくさんごんげん》を結んでおり、途中には加賀国金沢藩江戸上屋敷や水戸藩江戸中屋敷などがある。

おしのは、本郷の通りを白山に向かって進んだ。

新八は追った。

おしのは、本郷四丁目にある北ノ天神真光寺《しんこうじ》の境内に入った。

新八は続いた。

北ノ天神真光寺の境内の隅には茶店があり、参拝帰りの客が茶を飲んでいた。

おしのは、境内の隅の茶店を訪れた。

「お邪魔します」

「おや。いらっしゃい……」

茶店の老亭主は、おしのを懐かしそうに迎えた。

「御無沙汰しました、おじさん。お茶を……」

おしのは、老亭主に笑顔で茶を頼んで縁台に腰掛けた。

「ああ……」

おしのと老亭主は知り合いだ……。

新八は見定めた。

よし……。

新八は、おしのの隣に腰掛けて老亭主に茶を頼んだ。

僅かな刻が過ぎ、老亭主は新八とおしのに茶を持って来た。

「おまちどおさま……」

老亭主は、新八に茶を差し出した。

「おう……」

新八は、茶を受け取って啜った。

「達者にしていたかい……」

老亭主は、おしのに茶を差し出した。

「ええ。おじさんも……」

おしのは微笑んだ。

「お陰さまで此の通りだよ」

老亭主は笑った。

「良かった……」

「で、どうかしたのかい」

老亭主は、おしのに怪訝な眼を向けた。

「おじさん、祐之助《ゆうのすけ》さま、今、どちらにいらっしゃるのか、御存知ですか……」

おしのは訊いた。

「祐之助さま……」

老亭主は、怪訝な面持ちで聞き返した。

「ええ……」

おしのは頷いた。

「祐之助さま、どうかしたのかい……」

「ええ。ちょっと……」

おしのは、言葉を濁した。

「そうか。旦那さまがお亡くなりになられて黒木《くろき》家はお取り潰し、奥方さまは病で後を追われて、もう十年か……」

老亭主は、懐かしそうに眼を細めた。

「はい。で、祐之助さまは奥方さまの御実家に引き取られたけれど、反りが合わなくて出奔《しゅっぽん》されたとか……」

「うん。ありゃあ、祐之助さまが十八歳の時だったから、今から六年前か……」

「それで、今は何処に……」

「確か追分町《おいわけちょう》は鰻縄手《うなぎなわて》の光徳寺《こうとくじ》の家作にいると聞いた覚えがあるけど……」

「追分町は鰻縄手の光徳寺……」

　おしのは頷いた。

「ああ。でも、今もいるかは分からないよ」

　老亭主は眉をひそめた。

「ありがとう、おじさん。光徳寺に行ってみます」

　おしのは、茶代を置いて茶店を出た。

「気を付けてな、おしのちゃん……」

　老亭主は、おしのを見送った。

「茶代、置いといたぜ」

　新八は、老亭主に告げておしのに続いた。

「ありがとうございます」

　老亭主は見送った。

おしのは、本郷の通りを追分に向かった。

新八は尾行た。

祐之助と云う武士を捜している……。

十年前に取り潰された黒木家……。

六年前、十八歳の時に出奔したなら、今は二十四歳……。

追分町の光徳寺の家作……。

新八は、断片的に聞いた言葉を纏《まと》めた。

おしのは、光徳寺の家作にいる黒木祐之助と云う二十四歳の侍を捜している。

黒木祐之助は、口入屋『戎屋』の吉五郎を殺した総髪の若い侍なのか……。

新八は、想いを巡らせた。

もしそうなら、おしのは吉五郎を殺した総髪の若い侍が誰か知りながら、黙っていた事になる。

庇《かば》っているとしたら何故だ……。

新八は、足早に行くおしのを尾行た。

二

加賀国金沢藩江戸上屋敷に水戸藩江戸中屋敷……。
おしのは、大名屋敷の間を通り抜けて追分に進んだ。
追分で東西に別れた道は、西側が駒込片町、東側が浅嘉町《あさかちょう》に出る。
おしのは、追分を東側の道に進んだ。
新八は続いた。
武家屋敷街を抜けると寺が山門を連ね、光徳寺があった。
おしのは、安堵の吐息を小さく吐き、光徳寺の山門に急いだ。
新八は追った。
光徳寺の境内では、掃き集められた落葉が燃やされ、煙が揺れながら立ち昇っていた。
おしのは、山門から境内に入り、周囲を見廻した。
本堂、方丈《ほうじょう》、庫裏《くり》、鐘楼……。

おしのは、家作を探した。
家作は、本堂の裏手にあった。
おしのは、本堂の裏手に廻った。
新八は続いた。

本堂の裏には雑木林があり、小さな家作があった。
おしのは家作を窺った。
家作は雨戸が閉められており、戸口や小さな庭には雑草が生えていた。
おしのは、戸口の腰高障子を叩いた。
家作の中から返事はなかった。
新八は、木陰から見守った。
おしのは、尚も腰高障子を叩いた。
だが、家作からの返事はやはりなかった。
留守なのか……。
それとも、空き家なのか……。
新八は睨んだ。

おしのは、吐息を洩らして小さな家作から離れた。

新八は、木陰に隠れた。

おしのは、新八に気が付かずに境内に戻った。

新八は続いた。


おしのは、庫裏の傍の井戸で米を研いでいる中年の寺男に近付いた。

「あの……」

おしのは、中年の寺男に声を掛けた。

「えっ。は、はい……」

中年の寺男は、米を研ぐ手を止めて振り返った。

「ちょいとお尋ねしたいことがありまして……」

「何でしょうか……」

中年の寺男は、濡れた手を拭きながら立ち上がった。

「あの。こちらの家作に黒木祐之助と云うお侍さんがお住まいですか……」

おしのは訊いた。

「ああ。家作にいた黒木さんですか……」

中年の寺男は、小さな笑みを浮かべた。

「家作にいた……」

おしのは、戸惑いを浮かべた。

「ええ。黒木さんならお住まいでしたが、今はもうおりませんよ」

「いない……」

「ええ。三年前に引っ越されましたよ」

「三年前に……」

「ええ……」

「何処に引っ越したのか、分かりますか……」

「それは聞いていませんが、浅草寺《せんそうじ》の境内で見掛けたって人がいましてね」

「浅草寺の境内……」

「ええ。何でも土地の地廻りと一緒だったとか……」

「土地の地廻りと……」

おしのは眉をひそめた。

「ええ……」

「そうですか……」

「黒木さんのお知り合いなのですか……」

「え、ええ。昔、ちょいと。お忙しい処、お邪魔致しました……」

おしのは言葉を濁し、頭を下げて山門に向かった。

中年の寺男は、怪訝な面持ちで見送った。

おしのが寺男と何を話したかは、後で訊きに戻ればいい。

新八は、おしのの後を追った。

陽は西の空に沈み始めた。


同朋頭の香阿弥《こうあみ》……。

幸吉は、清吉を連れて口入屋『戎屋』に戻り、取引帳簿を検《あらた》めた。

帳簿に書き記されていた同朋頭の名は、香阿弥だった。

二百石取りの同朋頭は四人おり、殿中で老中や若年寄りなどの幕閣の雑用を果たし、奥坊主や表坊主の監督をするのが役目だ。そして、同朋頭の香阿弥の屋敷は、牛込神楽坂《うしごめかぐらざか》を上がった処の肴町行元寺《さかなまちぎょうげんじ》の傍にあった。

「同朋頭の香阿弥さまですか……」

清吉は、香阿弥屋敷を眺めた。

「うん……」

幸吉は頷いた。

「口入屋の吉五郎さん、香阿弥さまのどんなお手伝いをしていたんですかね」

清吉は首を捻った。

「さあて、そいつが何か、殺しに拘わりがあるのかどうかだな」

幸吉は苦笑した。

夕陽は外濠と牛込御門を照らし、神楽坂の上に沈み始めた。


大川に屋根船の明かりが行き交った。

柳橋の船宿『笹舟《ささぶね》』は、夜の舟遊びの客で賑わっていた。そして、船宿『笹舟』の前の神田川に架かっている柳橋を渡ると、蕎麦《そば》屋『藪十《やぶじゅう》』があった。

清吉が店から現れ、蕎麦屋『藪十』の暖簾を仕舞い、軒行燈《のきあんどん》の火を吹き消した。

蕎麦屋『藪十』の店内に戻った清吉は、和馬、幸吉、勇次、新八が蕎麦を肴に酒を飲んでいる処に亭主の長八《ちょうはち》と天婦羅を運んだ。

「おう。天婦羅が揚がったよ」

長八と清吉は、二つの天婦羅を盛った大皿を置いた。

「おう。此奴《こいつ》は美味そうだ……」

和馬は、天婦羅を食べて酒を飲んだ。

「造作を掛けますね。長さん……」

幸吉は、先代の柳橋の親分、弥平次《やへいじ》と苦労を共にして来た夜鳴蕎麦屋の長八に礼を述べ、酒を酌した。

「なあに、幸吉の親分、こうして和馬の旦那や皆に集まって貰うと、俺も昔を思い出してわくわくするよ」

長八は、老顔を緩めて笑った。

「だったら、雲海坊と由松も呼ぶんでしたよ」

幸吉は悔やんだ。

「親分、此奴はお役目。同じ釜の飯を食った仲良しの集まりじゃあねえ」

長八は、猪口の酒を飲み干した。

「清吉、酒でも蕎麦でも、見計らってな」

長八は、見習い職人で手先を務めている清吉に告げた。

「はい。心得ております」

清吉は頷いた。

「じゃあ、和馬の旦那、幸吉の親分。あっしは板場に、後は清吉に何なりと……」

長八は、和馬と幸吉に会釈をした。

「長八、次は秋山さまと一緒にお邪魔するぜ」

和馬は告げた。

「和馬の旦那、そいつは楽しみだ。じゃあ、御免なすって……」

長八は、笑顔で板場に引き取った。

「お疲れ様でした」

幸吉、勇次、新八、清吉は見送った。

「さあて、柳橋の。殺された口入屋の戎屋吉五郎、その身辺に殺されるような事、あったのかな……」

和馬は、事件の話を始めた。

「そいつが、はっきりしちゃあいないんですが、戎屋吉五郎、近頃、同朋頭の香阿弥さまの御屋敷に御出入りを許され、何かを手伝っているとか……」

幸吉は報せた。

「同朋頭の香阿弥さま……」

和馬は眉をひそめた。

「あの、同朋頭ってのは……」

新八は、首を捻った。

「うむ。城中の茶坊主なんかを取り締り、御老中や若年寄りなどの御重職と大名旗本の間を繫ぐ役目でな。繫ぐ順番でいろいろ旨味があるって話だ……」

和馬は、天婦羅を食べているせいか滑らかに話した。

「へえ、旨味ですか……」

新八は感心した。

「ああ……」

「で、明日から吉五郎が同朋頭の香阿弥さまの何を手伝っていたのか、調べてみます」

幸吉は告げた。

「じゃあ、俺も同朋頭の香阿弥がどんな奴か探ってみるよ」

和馬は頷いた。

「ええ。お願いします。で、勇次の方はどうだった……」

「はい。総髪の若い侍の足取りは、どうにも摑めないのですが、新八が面白い事を摑んで来ましたよ。新八……」

勇次は、新八を促した。

「はい。吉五郎の死体を見付けた仲居のおしのが早退けしましてね。勇次の兄貴に云われて追ってみたんですが……」

新八は、おしのが黒木祐之助と云う侍を捜し始めた事を報せた。

「黒木祐之助……」

和馬は、微かな緊張を滲ませた。

「ええ。どうやら取り潰しになった旗本の倅《せがれ》のようでしてね。今は浅草辺りで地廻りと連《つる》んでいるそうです」

新八は、おしのが妻恋町の紅梅長屋に帰ったのを見届けて光徳寺に戻り、中年の寺男におしのが尋ねた事を訊き出した。

「仲居のおしのか……」

和馬は眉をひそめた。

「和馬の旦那。こうなると、仲居のおしのの証言、何処まで信用出来るか、分かりませんね」

幸吉は苦笑した。

「うん。もしそうなら、おしのは何故、そんな真似をするのかだな」

「ええ……」

「うん。よし、勇次、新八。おしのを見張り、その黒木祐之助を捜してくれ」

和馬は命じた。

「心得ました」

勇次と新八は頷いた。

和馬、幸吉、勇次、新八、清吉は、明日からの探索方針を決めながら蕎麦や天婦羅を食べ、酒を楽しんだ。

神田川には舟の櫓《ろ》の軋みが響いた。


妻恋町の紅梅長屋は、おかみさんたちの洗濯の時の前の静けさに覆われていた。

新八は、木戸の陰から奥のおしのの家を見張っていた。

料理屋『香月』の仲居には〝早番〟と〝遅番〟があるとしたら、おしのは〝早番〟であり、そうでなければ早退けするのかもしれない。

新八は読んだ。

奥の家の腰高障子が開き、おしのが出て来た。
新八は、木戸の陰に身を潜めた。
おしのは、足早に紅梅長屋を出て湯島天神に向かった。
新八は尾行た。

おしのは、湯島天神の大鳥居から境内に入った。そして、本殿に手を合わせ、東の鳥居から女坂を下りて不忍池に進んだ。
新八は追った。

不忍池は朝日に煌めいていた。
おしのは、不忍池の畔を進んで料理屋『香月』に入った。
新八は見届けた。
おしのは、他の仲居たちと昼の開店の仕度を始めた。
いつ、どう動くか分からない……。
おしのは、忙しく働いた。
新八は、おしのを見張り続けた。

金龍山《きんりゆうざん》浅草寺の参拝客は未だ少なかった。

勇次は、浅草寺の境内を訪れ、浅草を縄張りにしている聖天《しようでん》一家の地廻りを捜した。

少ない参拝客の中には、聖天一家の地廻りの三下がいた。

勇次は、三下を呼び止めて境内の隅の物陰に連れ込んだ。

「な、何だ、手前……」

三下は、慌てて凄んで見せた。

「大人しくしな……」

勇次は、三下に懐の十手を見せた。

「こりゃあ、親分……」

三下は怯えた。

「お前、名前は……」

「と、虎市《とらいち》です……」

「地廻りの聖天一家の虎市か……」

勇次は笑い掛けた。

「はい。で、あっしに何か……」

三下の虎市は、勇次に探る眼を向けた。

「うん。ちょいと訊きたい事があってな」

「訊きたい事ですか……」

虎市は、戸惑いを浮かべた。

「ああ。虎市、黒木祐之助って侍、知っているか……」

「黒木祐之助ですか……」

「ああ……」

「さあ、あっしは知りませんが……」

虎市は首を捻った。

「ひょっとしたら総髪で若い侍だ」

「総髪の若い侍。でしたら、仁吉《にきち》の兄貴と連んでいる侍かもしれないな」

虎市は、首を捻った。

「仁吉の兄貴……」

「はい。一度、仁吉の兄貴が総髪の若い侍と一緒にいるのを見た事があります」

「そうか。で、虎市、仁吉ってのはどんな奴だ……」

「痩せてて背が高く、左頬に古い刀傷のある男《ひと》です」

虎市は告げた。

「痩せてて背が高く、左頬に刀傷。で、人柄は……」

勇次は尋ねた。

「親分、あっしが云ったってのは、仁吉の兄貴には……」

「勿論、云わないよ」

勇次は苦笑した。

「お願いしますよ……」

虎市は、縋《すが》る眼で手を合わせた。

「ああ……」

「仁吉の兄貴は口数が少なくて、何を考えているのか良く分からない不気味な人でしてね。裏で何をしているのか……」

虎市は、恐ろしそうに声を潜めた。

「仁吉、そんな奴なのか……」

「ええ……」

「よし。で、虎市、仁吉は何処にいる……」

勇次は、虎市に笑い掛けた。

神楽坂肴町の香阿弥屋敷は、静寂に覆われていた。

幸吉は、香阿弥屋敷を眺めた。

閉められた表門脇の潜り戸が開き、中年の武士が出て来た。

中年の武士は、閉められた潜り戸を一瞥し、腹立たし気に唾を吐き、神楽坂に向かった。

香阿弥に反感を抱いている……。

幸吉は追った。

神楽坂は外濠牛込御門から肴町に続き、多くの人が行き交っていた。

「あの。お侍さま……」

幸吉は、神楽坂を下りようとした中年の武士を呼び止めた。

「うん。私の事か……」

中年の武士は振り返った。

「はい。手前はお上の御用を承っている柳橋の幸吉と申す者ですが……」

幸吉は、懐の十手を見せた。

「岡っ引が何の用だ」

中年の武士は、険しさを滲ませた。

「はい。御同朋頭の香阿弥さまに就いてちょいと……」

「香阿弥だと……」

「はい……」

「香阿弥の何が知りたい……」

中年の武士は、訊き返した。

「はい。香阿弥さま、お役目を笠に旨い汁を吸っているとか……」

幸吉は誘った。

「ああ。そして、そいつを元手に大儲けしているんだ……」

中年の武士は、腹立たし気に云い放った。

「大儲け……」

幸吉は眉をひそめた。

幸吉は、香阿弥屋敷に戻った。

「親分……」

香阿弥屋敷の前には、清吉が付近の聞き込みから戻って来ていた。

「おう。何か分かったか……」

「ええ。香阿弥さま、近所のお店の人の話じゃあ、随分と良い暮らしをしているそうです。同朋頭ってのは、本当に儲かる旨味のあるお役目なんですねえ」

清吉は、腹立たし気に感心した。

「ああ。公儀のお偉いさんに直ぐ話を通して貰いたい大名旗本から随分と賄賂《まいない》や付け届けがあるって云うからな……」

幸吉は苦笑した。

「賄賂に付け届けですか……」

「うん。で、そいつを元手に秘かに高利貸しをしているようだぜ」

幸吉は、厳しい面持ちで告げた。

「高利貸し……」

清吉は驚いた。

「旗本御家人相手に秘かにな……」

「そうですか、香阿弥さま、高利貸しをしているんですか……」

「うん。で、貸した金の取り立てを、口入屋の戎屋吉五郎が手伝っていたようだ」

「戎屋の旦那が……」

「ああ。さっき、借りた金を返しに来た旗本の旦那に聞いたんだが、期限迄に借りた金を返せない時、戎屋吉五郎が食詰浪人や凶状持ちを連れて取り立てるそうだ……」

幸吉は、中年の武士から聞いた話を教えた。

「戎屋の旦那、そんな真似をしていたんですか……」

「ああ。おそらく殺されたのは、同朋頭の香阿弥の貸した金の取り立てに拘っての事だろうな……」

幸吉は読んだ。

「きっと……」

清吉は頷いた。

「よし。俺は此の事を和馬の旦那や秋山さまに報せる。清吉は此のまま香阿弥屋敷を見張ってくれ」

幸吉は命じた。

三

浅草聖天町《しょうでんちょう》は、浅草寺と浅草山之宿町《やまのしゅくまち》、金龍山下瓦町《したかわらまち》の間に位置する。
勇次は、聖天町の片隅にある聖天一家を窺った。
聖天一家の店土間では、虎市たち三下が賽子《さいころ》遊びをしていた。
派手な半纏を着た背の高い痩せた男が軽い足取りで現れ、聖天一家の暖簾を潜った。
勇次は、暖簾を潜った男の左頬に古い刀傷があるのを見た。
「こりゃあ、仁吉の兄貴……」
虎市は、大声で仁吉に挨拶をし、物陰で見張っている勇次を一瞥した。
良く聞こえたぜ……。
勇次は苦笑した。
仁吉は、店土間から框に上がり、奥に入って行った。
後は、仁吉が黒木祐之助と接触するのを待つだけだ。
勇次は、仁吉を見張った。

昼食の時が来た。
料理屋『香月』は、東叡山寛永寺や不忍池弁財天の参拝帰りの客で賑わった。
仲居のおしのは、料理や酒を運び、片付けに忙しく働いた。
新八は見張った。
そして、昼食の時が過ぎた。
おしのは動くのか……。
新八は、料理屋『香月』を出入りする者に注意を払った。
半刻（一時間）が過ぎた。
料理屋『香月』の裏からおしのが出て来た。
動く……。
新八は緊張した。
おしのは、不忍池の畔を下谷広小路に向かった。
よし……。
新八は尾行た。

下谷広小路は賑わっていた。

おしのは、下谷広小路から山下に進み、下谷広徳寺前から新寺町の通りに向かった。

新寺町の通りは、東本願寺から浅草広小路に続いている。

浅草に行くのか……。

新八は読み、尾行た。


庭に面した障子には、木々の枝葉が映えていた。

南町奉行所の久蔵の用部屋には、和馬と幸吉が訪れていた。

「して、同朋頭の香阿弥、賄賂や付け届けを貯め込み、そいつを元手に高利貸しをしているのか……」

久蔵は呆れた。

「はい。で、殺された戎屋吉五郎、香阿弥の取り立てなどを手伝っていたそうです」

幸吉は報せた。

「ならば、吉五郎が殺されたのは、貸した金の取り立て絡みか……」

久蔵は睨んだ。

「おそらく……」

幸吉は頷いた。

「して和馬。同朋頭の香阿弥、城中での評判はどうなのだ」

「賄賂や付け届けは遠慮なく頂き、それによって老中若年寄りなどへの取次の順番を決めるそうでしてね。取次を急ぐ大名旗本には、次の番の方は切り餅一つだからと、それ以上の賄賂を露骨に要求するとか……」

和馬は、腹立たし気に告げた。

「ならば香阿弥、かなり恨みを買っているのだろうな」

久蔵は苦笑した。

「きっと。戎屋吉五郎殺しは、香阿弥への意趣返しの一つなのかもしれません」

和馬は読んだ。

「うむ。ならば、本当の狙いは香阿弥か……」

久蔵は眉をひそめた。

「違いますかね……」

和馬は頷いた。

同朋頭香阿弥に遺恨を抱く者は、手伝っていた『戎屋』吉五郎を先ず血祭りにあげたのかもしれない。

「うむ。幸吉、香阿弥、今日は非番で屋敷にいると申したな」

「はい。清吉が見張っていますが、由松を助っ人にやります」

「うむ。そいつが良いようだな……」

久蔵は頷いた。

庭に風が吹き抜け、障子に映える木々の枝葉が大きく揺れた。

浅草寺の境内は賑わっていた。

おしのは、賑わう境内の隅に立ち、目の前を行き交う人々の中に誰かを捜していた。

新八は見守った。

黒木祐之助を捜している……。

新八は読んだ。

おしのは、縋る眼差しで行き交う人々を見ていた。

新八は見張った。

聖天一家には、地廻りたちが忙しく出入りしていた。
勇次は見張った。
仁吉が、聖天一家から出て来た。
漸く動く……。
勇次は見守った。
仁吉は、浅草寺の東門に向かった。
黒木祐之助と逢うのか……。
勇次は追った。

浅草寺は賑わっていた。
仁吉は、雑踏の中を境内の外れにある茶店に向かった。
勇次は尾行た。
仁吉は、茶店の店主に茶を頼み、縁台に腰掛けた。
黒木祐之助と落ち合うのか……。
勇次は、物陰から見張った。

仁吉は、行き交う人を眺めながら運ばれた茶を飲んだ。
総髪の若い侍が現れ、茶店の縁台に腰掛けて茶を飲んでいる仁吉の前を通った。
総髪の若い侍、黒木祐之助か……。
勇次は緊張した。
総髪の若い侍は、境内から雷門に続く参道に進んだ。
仁吉は、茶代を縁台に置いて総髪の若い侍の後を追った。
やはり、黒木祐之助なのだ……。
勇次は見定め、黒木を追う仁吉に続いた。

境内の雑踏は続いた。
おしのは、行き交う参拝客に黒木祐之助を捜し続けていた。
新八は、おしのを見張り続けた。
おしのは、雷門に続く参道に行く人々の中に総髪の若い侍を見た。
祐之助さま……。
おしのは、慌てて雷門に続く参道に向かった。
動いた……。

新八は、おしのを追った。

黒木祐之助がいたのか……。

新八は、おしのの先を行く人々の中に総髪の若い侍を捜した。

総髪の若い侍は見えなかったが、勇次らしい男が前を行くのに気が付いた。

勇次の兄貴は、聖天一家の地廻りから黒木祐之助を追っている筈だ。

その勇次の兄貴がいるって事は……。

その先には、追っている黒木祐之助がいるのだ。

新八は、おしのを追った。

おしのは、行き交う人々の間を懸命に急いで参道から雷門を出た。

雷門前の浅草広小路は、下谷と隅田川に架かる吾妻橋《あづまばし》を結び、多くの人が行き交っていた。

おしのは、雷門の前で立ち止まり、辺りを見廻した。

黒木祐之助を見失ったのか……。

新八は、おしのを見守った。

おしのは、呆然とした面持ちで雷門の傍に立ち尽くしていた。

見失った……。

おしのは、黒木祐之助を漸く見付け、直ぐに見失ってしまったのだ。

新八は、おしのに同情した。

おしのは、黒木祐之助とどのような拘わりなのだ……。

新八は、行き交う人々に押されてよろめくおしのを見守った。


浅草広小路を西に抜け、東本願寺前に出ると人通りは減った。

勇次は、地廻りの仁吉を追った。

仁吉の前には、総髪の若い侍、黒木祐之助がいる。

勇次は追った。

仁吉は足取りを速め、総髪の若い侍に背後から並んだ。

「おう……」

総髪の若い侍は、仁吉に気が付いて笑みを浮かべた。

「遅かったな。黒木さん……」

仁吉は、総髪の若い侍を厳しく一瞥した。

「済まぬ……」

詫《わ》びた総髪の若い侍は、黒木祐之助だった。

「神楽坂か……」

仁吉は尋ねた。

「今日は非番の筈だ」

黒木は頷いた。

「ああ……」

黒木と仁吉は、新寺町の通りを山下に向かった。

何処に行くのだ……。

勇次は、慎重に尾行を続けた。


牛込行元寺から溢《あふ》れた読経は、隣の同朋頭香阿弥屋敷に零れていた。

清吉は、旗本屋敷の中間長屋の窓から斜向かいの香阿弥屋敷を見張っていた。

香阿弥屋敷の前に由松が現れ、辺りを見廻した。

由松さんだ……。

清吉は気が付き、金を握らせた中間頭に由松に報せるように頼んだ。

「いいとも……」

中間頭は、気軽に由松を呼んで来てくれた。

「香阿弥、動きはないようだな……」

由松は、幸吉から口入屋『戎屋』吉五郎殺しと同朋頭の香阿弥に就いて聞いて来ていた。

「はい……」

「よし。腹が減っただろう……」

由松は、腰に結んでいた風呂敷包みを解いた。中から稲荷寿司が出て来た。

「こいつはありがたい……」

清吉は、涎《よだれ》を垂らした。

「ま、ゆっくり食べな……」

由松は苦笑し、清吉と見張りを交代した。

おしのは、重い足取りで妻恋町紅梅長屋の家に帰った。

新八は見届けた。

今日はもう動かない……。

新八は見定めた。

よし……。

新八は、本郷北ノ天神真光寺に走った。

夕暮れ時。

北ノ天神真光寺の境内に参拝客はいなく、茶店は店仕舞いをし始めていた。

「父っつあん、済まないが、茶、出涸《でが》らしで良いから一杯貰えるかな……」

新八は、老亭主に笑い掛けた。

「良いとも……」

老亭主は、店仕舞いの手を止めて茶汲場に行った。

僅かな刻が過ぎ、老亭主が新八に茶を持って来た。

「おまちどおさま……」

「すまないね」

新八は、茶を飲んだ。

「いいや。商売だ……」

老亭主は苦笑した。

「処で父っつあん、おしのさんって女《ひと》を知っているね」

新八は切り出した。

「えっ。お前さんは……」

老亭主は、新八に探る眼を向けた。

「あっしは新八。岡っ引は柳橋の幸吉親分の身内でしてね……」

新八は、懐に手を入れ十手のように見せた。

「ああ、柳橋の親分さんの身内か……」

老亭主は、柳橋の親分の身内と聞いて微かな安堵を過ぎらせた。

「で、おしのさんの事だけど……」

「おしのちゃん、何か事件に拘っているのかい……」

老亭主は、不安を過ぎらせた。

「ああ。人殺しを知っているのに黙っていてね。此のままじゃあ、事件に巻き込まれて罪人になっちまうかもしれない」

新八は心配した。

「兄い。その事件ってのに、黒木祐之助ってお侍、絡んでいないかな」

老亭主は、白髪眉を曇らせた。

「ああ。絡んでいるよ……」

「やっぱり……」

「父っつあん、おしのさんと黒木祐之助はどんな拘わりなんだい」

「祐之助さまは、昔、あっしやおしのちゃんが奉公していた旗本の黒木家の若さまです」

老亭主は告げた。

「旗本の黒木家の若さま……」

「ええ。ですが、十年前、旦那さまがお役目をしくじって切腹され、黒木家はお取り潰し。祐之助さまは浪人されたのです」

「昔は、奉公人と奉公先の若さまですか……」

「ええ。当時、十四歳だった祐之助さまは奉公人にもお優しく、十七歳だったおしのちゃんが、旦那さまが大切に育てていた大輪の菊の花を誤って折った時、祐之助さまは自分が折ったと旦那さまに名乗り出て、おしのちゃんを庇いましてね。お手討ちにされる処を助けたんですよ……」


老亭主は、昔を思い出して眼を細めた。

「じゃあ、若さま、黒木祐之助はおしのさんの命の恩人ですか……」

新八は、おしのが黒木祐之助について沈黙をしている理由を知った。

「ええ……」

老亭主は頷いた。

おしのは、命の恩人の黒木祐之助に逢って何をしようとしているのか……。

新八の疑念は募った。

夕陽は沈み、北ノ天神真光寺は夕闇に覆われた。


香阿弥屋敷は、夜の闇に覆われていた。

由松と清吉は、斜向かいの旗本屋敷の中間長屋の窓から香阿弥屋敷を見張り続けていた。

香阿弥屋敷に出入りする者はいなかった。

「清吉……」

窓辺にいた由松は、壁に寄り掛かって居眠りをしていた清吉に声を掛けた。

「は、はい……」

清吉は、由松のいる窓辺に慌てて這《は》い寄った。

由松は、窓の外の香阿弥屋敷を示した。

香阿弥屋敷の前には、総髪の侍が影のように佇んでいた。

「何者ですかね……」

清吉は眉をひそめた。

「口入屋の戎屋吉五郎の次は香阿弥かもな……」

由松は睨んだ。

「じゃあ、吉五郎を斬った侍ですか……」

清吉は緊張した。

「きっとな……」

由松と清吉は、総髪の侍を見張った。

黒木祐之助は、静けさに包まれた香阿弥屋敷を窺っていた。

仁吉が土塀沿いの路地から現れ、黒木に駆け寄って来た。

「どうだ……」

黒木は迎えた。

「忍び込むなら裏からしかないな」

仁吉は、薄笑いを浮かべた。

「やはりな……」

「ああ。屋敷には未だ明かりが灯っている」

「ならば、寝静まるのを待つ……」

黒木は、土塀沿いの路地を裏に向かった。

仁吉が続いた。

斜向かいの旗本屋敷から由松と清吉が現れ、黒木と仁吉の入って行った土塀沿いの路地を窺った。

「由松さん、清吉……」

暗がりから勇次が現れた。

「勇次の兄貴……」

清吉は迎えた。

「今の野郎たちは……」

由松は尋ねた。

「はい。黒木祐之助と仁吉って地廻りです」

勇次は告げた。

「黒木祐之助。戎屋の吉五郎を殺った奴か……」

由松は読んだ。

「おそらく。で、此処は同朋頭の香阿弥の屋敷ですか……」

勇次は、香阿弥屋敷を眺めた。

「ああ。やはり、吉五郎の次は香阿弥か……」

由松は読んだ。

「どうやらそのようですね……」

勇次は頷いた。

「どうします」

清吉は、出方を窺った。

「勝手な真似はさせない。忍び込むのを見定めてお縄にする……」

勇次は、厳しさを滲ませた。

「だが、黒木の腕が分からない限り、迂闊《うかつ》な真似は出来ねえ……」

由松は、慎重に告げた。

香阿弥屋敷の明かりは消えた。

「どうやら、寝たようですぜ……」

土塀に上がっていた仁吉が告げた。

「そうか……」

黒木祐之助は、土塀の下の暗がりにいた。

「じゃあ、そろそろ忍び込みますか……」

「うむ……」

黒木は、土塀の下の暗がりから出た。

刹那、呼子笛の音が夜空に甲高く鳴り響いた。

黒木は、辺りの様子を窺った。

仁吉は、慌てて土塀から飛び下りた。

「どうやら、今夜は此れ迄のようだな」

黒木は苦笑し、素早く土塀沿いの路地を走った。

仁吉が慌てて続いた。

呼子笛の音は、甲高く鳴り響き続けた。

黒木と仁吉は、香阿弥屋敷の前から神楽坂に走った。

由松、勇次、清吉が現れ、暗がり伝いに黒木と仁吉を追った。

四

夜更けの浅草広小路に人気《ひとけ》はなかった。

黒木祐之助と仁吉は、浅草広小路を通り抜けて花川戸町《はなかわどちよう》の通りに入った。そして、聖天町の二股で別れた。

仁吉は聖天町に進み、黒木は山谷《さんや》堀《ぼり》に架かっている今戸《いまど》橋《ばし》を渡った。

清吉は仁吉を追い、由松と勇次は黒木を慎重に尾行た。

仁吉は、聖天社の裏の長屋に入った。

清吉は見届け、緊張を解いて大きな溜息を吐いた。

黒木は、今戸町を進んで橋場町に入った。

由松と勇次は、慎重に尾行た。

黒木は、橋場町の外れにある小さな家の前に立ち止まり、背後を振り返った。

背後に続く暗い町に、人の気配は窺えなかった。

黒木は見定め、小さな家に素早く入った。

暗い町の闇が揺れ、由松と勇次が現れた。

「あの家か……」

「ええ……」

由松と勇次は見届けた。

小さな家に明かりが灯された。

黒木祐之助は浅草橋場町の外れの家に潜み、仁吉は浅草聖天社裏の長屋にいる……。

幸吉は、久蔵と和馬に報せた。

「後は黒木祐之助が口入屋戎屋吉五郎を殺した確かな証拠だ……」

久蔵は眉をひそめた。

「仲居のおしのは、吉五郎を刺した総髪の若い侍の顔を見ている筈です。おしのに証言して貰うしかありますまい」

和馬は告げた。

「ですが、おしのは吉五郎を殺したのは黒木祐之助だと証言するかどうか……」

幸吉は眉をひそめた。

「柳橋は、おしのが証言しないと思っているのか……」

和馬は訊いた。

「はい。新八の聞き込みによれば、おしのは昔、旗本の黒木家に奉公していて、主の大切な大輪の菊の花を誤って折り、若さまだった祐之助に命を助けられています。そのおしのが、命の恩人の祐之助が吉五郎を殺したと証言するとは……」

幸吉は首を捻った。

「思えぬか……」

和馬は、吐息を洩らした。

「はい……」

「大輪の菊の花か。ならば和馬、柳橋の。黒木祐之助は何故に戎屋吉五郎を殺したのだ」

久蔵は尋ねた。

「香阿弥に借りた金を吉五郎に取り立てられて揉めた者に頼まれての事か、己が借りて揉めての事か……」

和馬は読んだ。

「何《いず》れにしろ、黒木が香阿弥の闇討ちを企てているのなら、香阿弥にそれなりに心当たりがある筈だ」

「はい……」

「ならば、その辺りを当たってみるか……」

久蔵は告げた。

「はい……」

和馬と幸吉は頷いた。

「よし。和馬、柳橋の。黒木祐之助と仁吉から眼を離すな」

久蔵は、厳しく命じた。

和馬は、由松や勇次と共に黒木祐之助を見張り、清吉と雲海坊は地廻りの仁吉に張り付いた。そして、新八は仲居のおしのを見張り続けた。

風が吹き抜け、牛込の外濠に小波《さざなみ》が走った。

久蔵は、幸吉と共に外濠を背にして神楽坂を上がり、行元寺脇の通りに曲がった。

「此の屋敷です……」

　幸吉は、同朋頭香阿弥の屋敷を示した。

「よし。此処で待っていてくれ」

「心得ました。お気を付けて……」

「うむ……」

　久蔵は、幸吉を待たせて香阿弥屋敷を訪れた。


　同朋頭の香阿弥は、不意に訪れた久蔵に戸惑いながらも座敷に通した。

「して秋山さま、御用とは……」

　香阿弥は、久蔵に探る眼差しを向けた。

「他でもない。香阿弥どのは、内々で高利貸しをされているそうですな」

　久蔵は、笑みを浮かべていきなり斬り込んだ。

「えっ。いえ、それは……」

　香阿弥は狼狽えた。

「今更、隠される事もない。調べれば直ぐに分かる事だ」

　久蔵は苦笑した。

「あ、秋山さま……」

「して、過日殺された口入屋の戎屋吉五郎は、取り立ての手伝いをしていたそうですな」

久蔵は、香阿弥を厳しく見据えた。

「はい……」

香阿弥は、観念したように頷いた。

「調べた処、吉五郎は取り立ての裏仕事で殺されたようだが、心当たりはあるかな……」

「心当たり……」

「左様……」

「心当たりなど、此れと云って……」

「ならば、黒木祐之助を知っているかな」

久蔵は、香阿弥を見据えて尋ねた。

「黒木祐之助……」

香阿弥は、微かな怯えを過ぎらせた。それは、知っている証だ。

「どのような拘わりだ……」

久蔵は、質問を重ねた。

「は、はい。その昔、黒木祐之助の父親多門《たもん》どのの御老中さまへの取次に刻が掛かり、事態を悪化させたと上役に責められて刃傷沙汰を起こし、多門どのは切腹、黒木家は取り潰しとなり……」

「祐之助は、取次を遅らせたおぬしを恨んでいるのか……」

久蔵は読んだ。

「はい。十年も昔の事で……」

香阿弥は、腹立たし気に吐き棄てた。

「しかし、何故に今……」

久蔵は眉をひそめた。

「それは……」

香阿弥は躊躇《ためら》った。

「香阿弥どの、黒木祐之助、戎屋吉五郎に続き、昨夜、此処に忍び込み、おぬしの命を獲ろうとした」

久蔵は冷笑した。

「えっ。秋山さま、それは本当ですか……」

香阿弥は、怯えを露《あら》わにした。

「うむ。私の手の者が防いだが……」

「そうでしたか。黒木祐之助は、六年もの間、父親の事で私を脅し、金蔓《かねづる》にしていたのです。ですが、六年が過ぎ、金蔓も此れ迄だと言い渡したのです」

香阿弥は、吐息を洩らした。

「黒木祐之助、それで恨みを募らせ、吉五郎を殺し、おぬしに脅しを掛けて命を狙うか……」

久蔵は苦笑した。

「秋山さま……」

香阿弥は、恐怖に声を引き攣らせた。

「香阿弥どの、暫くは病と称してお役目を休み、屋敷に閉じ籠っているんだ」

「はい……」

香阿弥は項垂れた。

「無論、高利貸しからも手を引いてな……」

久蔵は、冷ややかに命じた。

「父親は切腹、黒木家は取り潰し。そいつを集《たか》りの材料にして金蔓ですか……」

幸吉は眉をひそめた。

「うむ。何れは目付、評定所に報せるが。黒木祐之助、強《したた》かな悪かもな……」

久蔵は苦笑し、神楽坂を下りた。

「で、香阿弥、病と称して屋敷に引き籠りますか……」

「ああ。高利貸しも此れ迄だ……」

「そいつは良い。それにしても、黒木祐之助の父親も気の毒でしたね」

「ああ。そう云えば、おしのは今でも、浅草寺で黒木祐之助を捜しているのか……」

「はい。新八によると、仲居仕事を早番にして貰い、毎日、昼を過ぎてから通っているそうです」

幸吉は告げた。

「そうか……」

久蔵は眉をひそめた。

隅田川の流れは緩やかだった。

橋場町の外れ、黒木祐之助の潜む小さな家は、和馬、由松、勇次に見張られていた。

「黒木が動くのは、やっぱり夜ですかね」

勇次は、小さな家を見詰めた。

「ああ。きっとな……」

由松は頷いた。

「で、地廻りの仁吉は……」

「うん。雲海坊と清吉の報せじゃあ、露店の見廻りや見《み》ヶ〆料《かじめりょう》集めに忙しいそうだ」

和馬は告げた。

浅草寺は賑わっていた。

おしのは、境内の隅に佇んで参拝客に黒木祐之助を捜していた。

新八は、物陰から見守り続けていた。

「どうだ……」

幸吉と久蔵がやって来た。

「こりゃあ秋山さま、親分……」

「待ち続けているのか……」

久蔵は、佇むおしのを眺めた。

おしのは、必死の面持ちで行き交う参拝客を見詰めていた。

「おしの、黒木祐之助に逢ってどうするつもりなのかな……」

久蔵は眉をひそめた。

「お上の手が迫っているから逃げろとでも云うつもりですかね」

新八は睨んだ。

「黒木は追われているのに気が付いている筈だ。今更、そいつはないだろう」

幸吉は告げた。

「柳橋の……」

「はい……」

「おしのは、柳橋の顔を知っているな」

久蔵は尋ねた。

「きっと。香月で逢っていますから……」

幸吉は頷いた。

「ならば、黒木の許に誘ってやるか……」

久蔵は、おしのを見詰めた。

祐之助さまが浅草寺界隈にいるのは間違いない……。

おしのは、行き交う参拝客に黒木祐之助を捜した。

あの男《ひと》は……。

おしのは、行き交う参拝客の中に見覚えのある男を見付けた。

岡っ引の柳橋の親分さん……。

おしのは気が付いた。

岡っ引の柳橋の親分は、境内を東門に向かっていた。

祐之助さまの許に行くのかもしれない……。

おしのは、藁《わら》にも縋る思いで柳橋の親分を追った。


「秋山さま……」

新八は、喉を鳴らした。

「うむ……」

久蔵と新八は、幸吉を追うおしのに続いた。

柳橋の親分は、浅草寺東門から金龍山下瓦町の通りに出て山谷堀に架かる今戸橋に向かっている……。

おしのは、幸吉を尾行た。

幸吉は、背後におしのが来る気配を感じながら、ゆっくりとした足取りで今戸橋を渡り、今戸町を尚も進んだ。

何処に行くのか……。

行き先には、祐之助さまがいるのか……。

おしのは、微かな望みと不安を交錯させて幸吉を尾行た。

久蔵と新八は、一定の距離を保っておしのを追った。

陽は西に大きく傾いた。


橋場町の外れにある小さな家は、和馬、由松、勇次に見張られていた。

幸吉が和馬、由松、勇次の許に駆け込んで来た。

「おう。どうした、柳橋の……」

和馬、由松、勇次は迎えた。

「おしのを誘って来ました」

幸吉は、小さく笑った。

「おしのを……」

和馬は眉をひそめた。

「ええ。秋山さまのお指図で……」

「そうか……」

和馬は頷いた。

「和馬の旦那、親分……」

由松が呼び、小さな家を示した。

小さな家の腰高障子が開き、黒木祐之助が出て来た。

和馬、幸吉、由松、勇次は、物陰から見守った。

黒木は、鋭い眼差しで辺りを見廻し、通りに向かおうとした。

おしのが通りから現れ、黒木を見て息を飲んで立ち竦《すく》んだ。

黒木は、緊張を滲ませた。

「お前は香月の仲居……」

口入屋『戎屋』の吉五郎殺しを見た女……。

黒木は、おしのを料理屋『香月』の仲居として覚えており、刀の柄《つか》を握り締めた。

「祐之助さま……」

おしのは、思わず微笑んだ。

「何……」

黒木は、己の名を知っている仲居に戸惑いを浮かべた。

「おしのです。昔、本郷御弓町《おゆみちよう》の黒木さまのお屋敷に奉公していたおしのです」

「おしの……」

「はい。旦那さまの大切な大輪の菊の花を折り、祐之助さまにお助け頂いた女中のおしのです……」

おしのは、懸命に告げた。

「おお、おしのか……」

黒木は、十年前に屋敷に奉公していた女中のおしのを思い出し、笑みを浮かべた。

「はい。祐之助さま……」

「そうか。おしのだったのか……」

黒木は、料理屋『香月』の仲居がおしのだったのに気が付いた。

「はい。祐之助さま、どうして戎屋の吉五郎旦那を……」

「おしの、吉五郎は十年前、父上に嫌がらせをし、切腹に追い込んだ同朋頭の香阿弥の高利貸しの片棒を担いでいてな。それで香阿弥の悪行を暴くと云ったら、せせら笑いおって、それで思わずかっとして……」

黒木は、辛そうに告げた。

「そうでしたか。祐之助さま、此れは私が今迄に貯めて来たお金で、二十両あります」

おしのは、二十両が入った巾着袋を差し出した。

「おしの……」

黒木は眉をひそめた。

「お役人たちが捜しています。此のお金を持って早く江戸からお逃げ下さい」

おしのは、必死の面持ちで告げた。

「おしの……」

「祐之助さま、此れが私の出来る十年前の精一杯の御恩返しです……」

おしのは、二十両の入った巾着袋を黒木に押し付けた。

黒木は、巾着袋を受け取った。

「おしの、忝《かたじけな》い……」

「祐之助さま、いつまでもお達者で……」

おしのは、黒木に頭を下げて身を翻した。

「おしの……」

黒木は、駆け去るおしのを見送った。

おしのは駆け去った。

黒木は、二十両の入った巾着袋の重さを量って懐に入れ、冷笑を浮かべた。

「折角の恩返し、無にするのかな……」

黒木は、声のした方を見た。

久蔵が佇んでいた。

「おぬし……」

黒木は身構えた。

「南町奉行所吟味方与力の秋山久蔵だ。黒木祐之助、口入屋戎屋吉五郎を殺した罪でお縄にする。神妙にするのだな」

久蔵は告げた。

和馬、幸吉、由松、勇次が周囲に現れた。

「おのれ……」

黒木は、刀の鯉口《こいぐち》を切った。

「六年もの間、香阿弥を金蔓にして来た者が今更、香阿弥の悪行を暴くとも思えぬが……」

久蔵は苦笑した。

「ああ。吉五郎を殺した今、残る香阿弥も始末してくれる」

黒木は吐き棄てた。

「そして、金を奪って江戸から逃げる手筈なら、此れ迄だ」

久蔵は読み、冷ややかに云い放った。

「黙れ……」

黒木は、久蔵に抜き打ちの一刀を放った。

久蔵は、素早く跳び退いた。

勇次が目潰しを投げた。

目潰しは、黒木の顔に当たって粉を撒き散らせた。

「畜生……」

黒木は、眼を潰されて刀を振り廻した。

由松が黒木を殴り、蹴り飛ばした。

黒木は、大きく仰け反った。

和馬が摑まえ、刀を奪い取って鋭い投げを打った。

黒木は、激しく地面に叩き付けられた。

幸吉は、素早く黒木を押さえ付けた。

「離せ。離せ……」

黒木は、喚き踠いた。

「煩い。大人しくしろ」

幸吉が張り飛ばした。

勇次が、黒木に捕り縄を打った。

「黒木祐之助、お前におしの恩返しを受ける資格はない……」

久蔵は、厳しく見据えた。

夕陽は小刻みに揺れながら沈む……。

和馬は、幸吉や勇次と捕えた黒木祐之助を大番屋に引き立てた。

久蔵は、由松を従えて聖天一家に赴き、見張っていた雲海坊や清吉と地廻りの仁吉をお縄にした。

そして、新八はおしのが妻恋長屋の紅梅長屋に帰ったのを見届けた。

久蔵は、浪人黒木祐之助を口入屋『戎屋』吉五郎殺しで死罪に処し、地廻りの仁吉を遠島にした。そして、評定所が同朋頭香阿弥の家禄を没収し、厳しく仕置きするのは間違いなかった。

おしのは、料理屋『香月』の仲居として忙しく働き続けていた。

十年前の恩を返して……。

第三話

逃れ者

一

そろそろ店を開ける時……。

蕎麦屋『藪十』の亭主の長八は、蕎麦職人見習いの清吉と仕込みを終え、暖簾を手にして外に出た。そして、表に暖簾を掛け、神田川に架かっている柳橋の北詰にある船宿『笹舟』を眺めた。

柳橋の北詰の袂には質素な形《なり》の年増が佇み、暖簾を微風に揺らしている船宿『笹舟』を見ていた。

うん……。

長八は、佇む年増を窺った。

誰かと待ち合わせをしているのか、それとも船宿『笹舟』を窺っているのか……。

長八は、怪訝な面持ちで年増を見守った。

年増は、柳橋越しの長八の視線を感じたのか振り向いた。

「やあ……」

長八は笑い掛けた。

年増は、長八に慌てて会釈をして柳橋の袂から立ち去った。

えっ……。

長八は、思わず柳橋を渡った。

年増は、神田川沿いの道を足早に浅草御門に向かっていた。

見覚えがある……。

長八は、足早に立ち去って行く年増の顔に見覚えがあった。だが、それがいつ何処で逢った年増なのかは思い出せなかった。

「あら、長八のおじさん……」

女将のお糸《いと》が、船宿『笹舟』から出て来た。

「やあ。お糸ちゃん……」

長八は、お糸が船宿『笹舟』の先代の弥平次おまき夫婦に引き取られたときから知っていた。

「どうかしたの……」

「うん。今、年増が笹舟を窺っていてね。声を掛けようとしたら行っちまったんだよ」

長八は、浅草御門に続く神田川沿いの道を眺めた。

「あら、うちに何か用でもあったのかしら……」

お糸は眉をひそめた。

「さあて。幸吉の親分はいるのかい……」

「南の御番所に行っていますよ」

「そうか。じゃあ、清吉を寄越すよ」

「長八のおじさん……」

お糸は緊張した。

「何かあってからじゃあ遅いからな。万が一に備えてだ」

長八は笑った。

「そうですか。済みませんね。心配掛けて……」

　お糸は礼を述べた。

　船宿『笹舟』は主が岡っ引であり、悪党の恨みを買って襲われる事がある。

　長八は、それを心配して蕎麦職人見習いで幸吉の手先を務める清吉に『笹舟』を警戒させる事にしたのだ。

「何云ってんだい。お糸ちゃんや平次《へいじ》に何かあったら、弥平次の親分やおまきの女将さんに合わせる顔がないからな……」

　長八は、老顔を崩して笑った。


「盗賊の霞《かすみ》の藤兵衛《とうべえ》だと……」

　南町奉行所吟味方与力の秋山久蔵は、定町廻り同心の神崎和馬の報せを聞いて眉をひそめた。

「はい。谷中《やなか》の賭場で見掛けたと、博奕打ちが秘かに報せて来ました……」

　和馬は告げた。

「間違いあるまいな……」

「人相、風体、違いないものかと……」

　和馬は頷いた。

「そうか。霞の藤兵衛、江戸に舞い戻って来たか……」

久蔵は、小さな笑みを浮かべた。

「はい。八年前、手下の主だった者を捕えられて一味は崩壊、辛《かろ》うじて江戸から逃げた霞の藤兵衛。何しに舞い戻ったのか……」

和馬は、厳しさを滲ませた。

「おそらく霞の藤兵衛、江戸の大店にでも押込み、俺たちの鼻を明かそうって魂胆なのだろう」

久蔵は読み、苦笑した。

「ならば霞の藤兵衛、一味を立て直しましたか……」

「うむ。違いあるまい。よし。和馬、柳橋と霞の藤兵衛の足取りを追い、押込みそうな江戸の大店の割出しを急げ……」

久蔵は命じた。

「心得ました。では……」

和馬は頷き、久蔵の用部屋から出て行った。

「舞い戻ったか、霞の藤兵衛……」

久蔵は、不敵な笑みを浮かべた。

谷中千駄木《せんだぎ》坂下町にある経徳寺《けいとくじ》は、住職が酒と女に現《うつつ》を抜かす生臭坊主であり、檀家や寺男も逃げて荒れ放題だった。

博奕打ちの貸元根津《ねづ》の五郎八《ごろはち》は、生臭坊主の住職の頬を金で叩《はた》き、経徳寺の家作を借りて賭場にしていた。

住職は、根津の五郎八から酒と女に現を抜かせる程度の寺銭を貰い、喜んで家作を賭場に貸していた。

「谷中の経徳寺か……」

和馬は眉をひそめた。

「ええ。由松と勇次をやりましたよ」

幸吉は、盗賊の霞の藤兵衛が現れた谷中の経徳寺の賭場に由松と勇次を潜り込ませ、その足取りを追わせた。

「そうか……」

「それから、雲海坊と新八を裏渡世の連中に当たらせ、霞の藤兵衛に関する情報を集めさせています」

「うん。相手は強かな盗人だ。呉々《くれぐれ》も気を付けてな」

和馬は心配した。

「そいつはもう。危ないと思ったらさっさと逃げるのが、先代からの柳橋の決まりですからね」

幸吉は苦笑した。

「それなら良いが……」

和馬は頷いた。

幸吉は、清吉を従えて南町奉行所を後にした。

「清吉、明日から、お前も雲海坊や新八と裏渡世の連中に聞き込みを掛けろ」

幸吉は命じた。

「えっ。良いんですか、笹舟の見張り……」

清吉は、戸惑いを浮かべた。

「笹舟の見張り……」

幸吉は、清吉に怪訝な眼を向けた。

「あれ。親分、女将さんから聞いていないんですか……」

「お糸から、何をだ……」

「長八の親方が妙な年増が笹舟を窺っているのに気が付きましてね」

「妙な年増が……」

幸吉は眉をひそめた。

「はい。それで、長八の親方と交代で笹舟をそれとなく見張っているんですが……」

「長さんと、そうだったのか……」

幸吉は、厳しい面持ちで頷いた。

船宿『笹舟』を窺う妙な年増……。

幸吉は、蕎麦屋『藪十』の長八から仔細を聞いた。

「見覚えのある顔ですか……」

「ああ。昔、何処かで見た顔なんだが、思い出せなくてな」

長八は、首を捻った。

「昔ってのは、先代の頃ですね」

「うん。新八や清吉が来る前、弥平次の親分の頃の事件に拘わりのあった女だな」

長八は頷いた。

「となると、十年ぐらい前ですかね」

幸吉は読んだ。

「そうだな……」

「長さん、盗賊の霞の藤兵衛を覚えていますか……」

「ああ。手下を盾にして江戸から逃げた盗賊の頭だな……」

長八は、霞の藤兵衛を覚えていた。

「ええ。そいつが江戸に舞い戻ったようなんですが、妙な年増、拘わりがありますかね」

幸吉は、不意に出て来た二件の昔の事に何らかの拘わりを感じた。

「あるかもしれないな……」

長八は読んだ。

「やはりね……」

幸吉は頷いた。

「よし。幸吉の親分、藪十は暫く閉めて俺が笹舟に詰めるよ」

長八は笑った。

「そうして貰えると、あっしも安心ですが、良いんですか……」

「ああ。笹舟あっての藪十だ。それから親分、妙な年増の事、秋山さまにお報せした方がいいかもしれねえな」

長八は眉をひそめた。

「ええ。直ぐに報せます」

幸吉は久蔵の許に走った。


暮六つ。

南町奉行所には、太市が久蔵を迎えに来ていた。

幸吉は、久蔵に事の次第を告げた。

「妙な年増か……」

久蔵は眉をひそめた。

「はい。長八さんの話では、昔の事件で見掛けた女じゃあないかと……」

「そいつが笹舟を窺っていたか……」

「はい。で、ひょっとしたら霞の藤兵衛と拘わりがあるのかも……」

幸吉は報せた。

「うむ。して、笹舟には長八が詰めるのか……」

「はい。あっしと清吉もいつもの見廻りと繋ぎなんかがありまして……」

「よし。太市……」

久蔵は、控えていた太市を呼んだ。

「はい……」

太市は、膝を進めた。

「聞いての通りだ。今夜から笹舟に詰めて長八と一緒に警戒し、妙な年増が現れたら追って名と素性を確かめてくれ。おふみには私から云っておく……」

久蔵は命じた。

「心得ました」

太市は頷いた。


場末の飲み屋の店内は、博奕打ち、遊び人、地廻り、食詰浪人、得体の知れぬ雑多な客で賑わっていた。

雲海坊と新八は、托鉢《たくはつ》坊主と風車売りの行商人として客に紛れて酒を飲んでいた。

「金になる仕事……」

遊び人は苦笑した。

「ああ。餓鬼を相手に風車を売って歩いても、儲けは高が知れている。こうなりゃあ、危ない橋でも何でも渡るが、何かねえかな」

新八は、茶碗酒を飲みながら遊び人に笑い掛けた。

「そんな旨い仕事があれば、俺が自分でやっているぜ」

遊び人は、茶碗酒を飲み干した。

「そりゃあそうだな……」

新八は苦笑した。

「親父、酒のお代わりだ……」

遊び人は、空になった湯飲茶碗を持って帳場に行った。

「どうだ……」

雲海坊が、茶碗酒を啜りながら来た。

「霞の藤兵衛は無論、盗賊の押込みの話もありませんよ。雲海坊さんは……」

新八は、茶碗酒を飲んだ。

「盗賊のとの字も、霞のかの字も出て来やしないぜ……」

雲海坊は苦笑した。

谷中経徳寺は夜の闇に覆われていた。

本堂裏の家作は、貸元根津の五郎八の賭場になっており、男たちの熱気と煙草の煙に満ちていた。

由松と勇次は、交代で盆茣蓙《ぼんござ》に座って霞の藤兵衛が現れるのを待った。

八年前。由松と勇次も盗賊霞の藤兵衛一味の探索に加わっており、その人相風体を辛うじて覚えていた。

勇次は、駒を張りながら盆茣蓙を囲む男たちを窺っていた。

由松は、次の間で酒を飲みながら出入りする客に霞の藤兵衛らしい男を捜した。

八年前、江戸から逃げた時の霞の藤兵衛は、四十代半ばで痩せた眼の鋭い男だった。しかし、今の藤兵衛は五十代半ばであり、髪にも白いものが混じり、肥って穏やかな面持ちになっているのかもしれない。

由松と勇次は、八年後の藤兵衛を想像しながら賭場の客を眺めていた。

だが、それらしい客が出入りする事はなかった。

今夜は現れないのかもしれない……。

由松と勇次は、そう睨みながら盆茣蓙に駒を張り、次の間で酒を飲んだ。

賭場は酒と煙草の臭い、男たちの欲と熱気に満ち溢れていた。


翌朝、幸吉は清吉を従えて南町奉行所に出掛けた。

お糸は、奉公人たちと掃除をし、船宿『笹舟』の暖簾を掲げた。

船頭たちは、船着場で猪牙舟《ちょきぶね》や屋根船の手入れをした。

船宿『笹舟』の帳場には長八が座り、店の前を行き交う人や柳橋の袂に佇む者を見張った。

太市は、『笹舟』の周囲を警戒しながら長八が〝妙な年増〟を見定めるのを待った。


幸吉と清吉は、雲海坊、由松、勇次、新八たちと逢い、盗賊霞の藤兵衛と一味の者たちの洗い出しを急いだ。だが、盗賊霞の藤兵衛一味は江戸の町に隠れ潜み、洗い出しは容易ではなかった。

由松と勇次は賭場を、雲海坊と新八は裏渡世の者たちの溜り場を、それぞれ引き続き調べを急いだ。

船宿『笹舟』の舟は出払い、静かな時が訪れていた。

お糸は帳場で帳簿付けに励み、長八は幼い平次と土間で独楽廻《こま》しを楽しんでいた。

平次は、上手く廻せない独楽に苛立ちながらも、懸命に長八の真似をしていた。

「そうだ、上手いぞ、平次。もう一度やってみな……」

「うん……」

お糸は、微笑みながら暖簾越しに外を眺めた。

質素な形の年増が柳橋の袂に佇み、『笹舟』の店内を窺っていた。

明るい外から見える『笹舟』の店内は、暗くて良く見えない筈だ。

「長八のおじさん、柳橋……」

お糸は、年増を見ながら囁いた。

「うん……」

長八は、柳橋の袂に佇んでいる質素な形の年増に気が付いた。

「どう……」

「ああ。昨日の年増だ。太市……」

長八は、奥に呼び掛けた。

「現れましたか……」

太市が、奥の土間に続く暖簾の陰から出て来た。

「ああ。柳橋の袂にいる年増だ……」

長八は告げた。

「承知……」

太市は、暖簾の陰に消えた。

神田川は、柳橋から大川に流れ込んでいる。

質素な形の年増は、迷い躊躇いを浮かべて船宿『笹舟』を見詰めていた。

そして、年増は深々と溜息を吐き、柳橋の袂を離れて浅草御門に向かった。

太市が船宿『笹舟』の裏手から現れ、店を一瞥して年増を追った。

船宿『笹舟』から長八とお糸が現れ、眉をひそめて見送った。

「やっぱり、見覚えがあるの……」

「ああ。確かに何処かで見た顔だよ……」

長八は、年増と追って行く太市を見送った。

浅草御門は神田川に架かっており、続く蔵前の通りは両国広小路と浅草広小路を結んでいる。

質素な形の年増は、浅草御門前から蔵前の通りに進んだ。

太市は尾行た。

年増は、浅草御蔵や駒形堂の前を足早に進んで浅草広小路に出た。

さあ、何処に行く……。

太市は、慎重に尾行た。

浅草広小路は、金龍山浅草寺の参拝客や吾妻橋で本所《ほんじょ》に行き交う人で賑わっていた。

質素な形の年増は、広小路の端を田原町三丁目に進んだ。そして、前掛けを締めながら仏具屋『念仏堂《ねんぶつどう》』の裏に続く路地に入った。

太市は見届けた。

仏具屋『念仏堂』は、江戸でも有数の老舗《しにせ》の仏具屋であり、大名旗本家にも顧客が多い格式の高い大店だった。

質素な形の年増は、仏具屋『念仏堂』の奉公人なのか……。

太市は、年増の名と素姓を突き止める手立てを探した。

年増の入った路地から小僧が現れ、店先の掃除を始めた。

よし……。

太市は、掃除をしている小僧に声を掛けた。

「はい……」

小僧は、掃除の手を止めて太市に怪訝な眼を向けた。

「今、入って行った女中さん、おきみさんかな……」

太市は、小僧に訊いた。

「えっ。いえ、今の女中さんは、おようさんですよ」

小僧は、戸惑った面持ちで告げた。

「え、おようさん、おきみさんじゃあないのか……」

「ええ。通い奉公の女中のおようさんですよ」

「そうか。通い奉公のおようさんか。忙しい処を邪魔したね」

太市は、小僧に礼を云って仏具屋『念仏堂』の前から離れた。

刻が過ぎた。
太市は、物陰に潜んで仏具屋『念仏堂』を見張っていた。
質素な形の年増およう は、台所仕事に忙しいのか、表に出て来る事はなかった。
夕暮れ時が訪れ、仏具屋『念仏堂』は店仕舞いの仕度を始めた。
奉公人たちは忙しく働いた。そして、通い奉公の女中たちが早上がりで帰り始めた。
通い奉公の女中のおようも帰るのか……。
太市は見張った。
裏に続く路地からおようが現れ、浅草広小路を吾妻橋に向かって進んだ。
よし……。
太市は、おようを追った。

二

隅田川は夕陽に染まり、架かっている吾妻橋には多くの人が行き交っていた。
およう は、吾妻橋を足早に渡り、本所回《え》向《こう》院《いん》裏の松坂町一丁目に進んだ。

太市は尾行た。

およう は、途中の八百屋で野菜を幾つか買って古い長屋の木戸を潜った。

太市は、古い長屋の木戸に走った。

おようは、古い長屋の奥の家に入って腰高障子を閉めた。

太市は見届けた。

おそらく、おようは此れから夕食を作り始め、古い長屋から動かない……。

太市は見定め、木戸番に走った。


「ああ。甚六《じんろく》長屋のおようさんですか……」

本所松坂町の老木戸番は、甚六長屋のおようを知っていた。

「ええ。ちょいと訊きたいんですがね」

太市は、老木戸番に笑い掛けた。

「は、はい。何でございましょう」

老木戸番は、不安そうに頷いた。

「おようさん、一人暮らしなのかな……」

「いえ。大工の亭主の佐七《さしち》さんと二人暮らしですよ」

「亭主の佐七さんと二人暮らし……」

「ええ。六年ぐらい前に引っ越してきましてね。で、三年前でしたか、亭主の佐七さんが仕事中に普請場の屋根から落ちて腰を酷く打ち、以来、寝た切りでしてね……」

「寝た切りって、亭主の佐七さんが……」

「ええ、本当に気の毒な話ですよ」

老木戸番は、佐七およう夫婦を哀れんだ。

「そうなんですか……」

太市は眉をひそめた。

「佐七さんは大工、ようさんは通いの女中。二人で真面目に働いていたんですがねえ……」

「佐七さんとおようさん、甚六長屋に来る前には何処で暮らしていたのかは……」

「さあ、そこ迄は……」

老木戸番は首を捻った。

「じゃあ、亭主の佐七さん、以前は何処かの大工の組に入っていたのですかね」

「さあ、そいつも知りませんが……」

老木戸番は、申し訳なさそうに首を横に振った。

「そうですか。じゃあ、此の事は他言無用でお願いしますよ」

太市は頼んだ。

日は暮れ、町は薄暮に覆われた。


松坂町の家々には明かりが灯され、裏通りを行き交う人は少なくなった。

太市は、甚六長屋の木戸を潜ろうとして立ち止まった。

木戸の陰には男と女がいた。

太市は、素早く物陰に隠れて見守った。

木戸の陰にいるのは、縞の半纏を着た男とおようだった。

「じゃあ、おようさん。分かり次第、報せるんだぜ」

縞の半纏を着た男は、薄笑いを浮かべた。

「は、はい。あの、久助《きゅうすけ》さん……」

おようは、躊躇いがちに縞の半纏を着た男の名を呼んだ。

「何です。あの話だったら、好い加減にした方が良いですぜ」

久助と呼ばれた縞の半纏を着た男は、嘲りを浮かべた。

「でも……」

「いいかい、おようさん。佐七さんも寝た切りなら此処は云う通りにした方が良いぜ。じゃあ……」

久助は、嘲笑を浮かべて凄みを利かせ、半纏を翻した。

太市は、素早く物陰に隠れた。

久助は、軽い足取りで立ち去った。

おようは見送り、吐息を洩らした。

久助とは何者だ……。

太市は、暗がり伝いに久助を追った。


夜の本所竪川《たてかわ》には、舟の櫓の軋みが甲高く響いていた。

久助は、竪川沿いの道に出て東に向かった。

太市は追った。

久助とおようはどんな拘わりなのか……。

好い加減にした方が良い話とは何か……。

太市は、久助の後ろ姿を見詰めた。
久助は、竪川沿いの道を東に進み、二つ目之橋を南に渡った。
二つ目之橋を渡ると、松井町二丁目と林町一丁目の間に出る。
久助は、間の道を萬徳山弥勒寺《まんとくざんみろくじ》前に進んだ。
太市は、慎重に尾行た。
久助は、五間堀《ごけんぼり》に架かっている弥勒寺橋を渡り、袂にある小料理屋の暖簾を潜った。
太市は、小料理屋に駆け寄った。
小料理屋の微風に揺れる暖簾には、『お多福《たふく》』の文字が書かれていた。
「お多福か……」
太市は、久助が入った小料理屋『お多福』を眺めた。
小料理屋『お多福』からは、男と女の酒に酔った笑い声が洩れて来た。
そろそろ、およう の住む甚六長屋に戻った方が良いかもしれない。
よし……。
太市は、夜の町を本所松坂町の甚六長屋に戻る事にした。

甚六長屋の家々の明かりは、消え始めていた。

太市は木戸の陰に戻り、佐七とおようの暮らす奥の家を見た。

奥の家の腰高障子には女が心張棒を掛ける影が過り、灯されていた小さな明かりは消された。

今夜、おようはもう動かない……。

太市は見定めた。


年増の名前はおよう。

浅草田原町の仏具屋『念仏堂』の通い奉公の女中であり、寝た切りの元大工の亭主佐七と本所松坂町の甚六長屋で暮らしている……。

太市は、秋山屋敷に戻って久蔵に報せた。

「おようと佐七か……」

久蔵は眉をひそめた。

「はい。で、おようの許に久助と云う遊び人風の男が訪れて……」

「久助……」

「はい。およう は久助に頼まれて何かを調べている様子で、分かり次第、報せると……」

「分かり次第、報せるか……」

久蔵は、厳しさを滲ませた。

「はい。そして、久助がおようにあの話はもう好い加減にした方が良いと……」

太市は告げた。

「あの話……」

久蔵は、戸惑いを浮かべた。

「ええ。何の話かは分かりませんが……」

太市は首を捻った。

「そうか、あの話か……」

「で、おようと別れた久助を尾行たのですが、深川は弥勒寺橋の袂にあるお多福って小料理屋に入りました」

「小料理屋のお多福か……」

「はい……」

太市は頷いた。

「よし。御苦労だった。明日一番に笹舟に行き、長八におようの事を報せ、小料理屋のお多福を探り、久助の素性を洗ってみろ」

久蔵は命じた。

「心得ました」

「浅草の仏具屋念仏堂の通い奉公の女中か……」

久蔵は眉をひそめた。


薄暗い飲み屋では、雑多な客たちが酒を飲みながら裏渡世の情報の遣り取りをしていた。

雲海坊と新八は、雑多な客たちに裏渡世の間に流れている噂を訊き集めていた。

「そう云えば、相州や下総《しもうさ》でお勤めをしている田舎盗人が江戸をうろうろしているって話だぜ」

酒落《しゃれ》た柄の半纏を着たこそ泥が苦笑した。

「へえ。何処かの田舎盗人が江戸で一稼ぎしようって魂胆かな……」

雲海坊は、茶碗酒を啜って笑った。

「ああ。きっとそんな処だろうが、田舎盗人にしては良い度胸だぜ」

こそ泥は嘲笑した。

「まったくだ。で、何処の田舎盗人だい……」

「さあて。はっきりは分らねえが、昔、江戸で荒稼ぎをして追われ、辛うじて逃げた盗人の頭だって噂だぜ」

こそ泥の話では、どうやら田舎盗人は霞の藤兵衛のようだ。

「じゃあ、お礼参りのお勤めって奴か……」

雲海坊は読み、苦笑した。

「そんな処だな……」

こそ泥は笑い、酒のお代わりをしに行った。

やっと、盗賊霞の藤兵衛一味の話が洩れて来た……。

雲海坊は、漸く探索の手応えを感じた。

「雲海坊さん……」

新八が寄って来た。

「どうだ……」

「此処の連中の話じゃあ、江戸の盗人は此れと云った動きはしていませんね」

「やっぱり田舎盗人だな……」

「田舎盗人……」

新八は戸惑った。

薄暗い飲み屋は、雑多な客で賑わった。

雲海坊と新八は、それとなく聞き込みを続けた。


谷中経徳寺の賭場は賑わっていた。

由松と勇次は、盗賊霞の藤兵衛が来るのを待った。

だが、霞の藤兵衛らしき男は現れず、その足取りを知る者も見付からなかった。

由松と勇次は、盆茣蓙で駒札を張って粘り強く張り込み続けた。


「およう……」

長八は眉をひそめた。

「ええ。浅草の仏具屋念仏堂の通い奉公の女中です」

太市は報せた。

「念仏堂の通いの女中……」

「ええ。で、佐七って亭主は大工なんですがね。三年前、普請場の屋根から落ちて腰を痛め、今は寝たっ切りだそうです」

「元大工の佐七か……」

「ええ。どうです、おように佐七。名前に聞き覚え、ありますか……」

太市は尋ねた。

「そいつが、今の処、何も思い出せないんだよな」

長八は首を捻った。

「じゃあ、久助って男は……」

「そいつも、聞いた事があるような、ないような……」

長八は、思い出せない己に苛立った。

「そうですか……」

太市は、長八の苛立ちに気が付いた。

「ああ……」

長八は、悔し気に頷いた。

「じゃあ長八さん、あっしは久助って野郎をちょいと調べて来ます」

「うん、分った。俺は笹舟に詰めて、おようが来たら、それとなく探りを入れてみる」

「長八さん、決して無理はしないように……」

太市は心配した。

「ああ、分かっている……」

長八は、淋しそうな笑みを浮かべた。

「じゃあ……」

太市は、長八に会釈をして蕎麦屋『藪十』を出た。

「うん。気を付けてな……」

長八は、老いた己に落胆し、『藪十』の戸締りをして船宿『笹舟』に向かった。


本所竪川には、荷船の船頭の歌声が長閑《のどか》に響いていた。

太市は、竪川に架かっている二つ目之橋を渡り、弥勒寺橋に進んで袂から小料理屋『お多福』を眺めた。

小料理屋『お多福』は雨戸を閉め、店の者は未だ眠っているようだった。

太市は、小料理屋『お多福』のある深川北森下町の自身番に赴いた。


「お多福……」

店番は眉をひそめた。

「はい。旦那は何て方で、どんな店ですか……」

太市は尋ねた。

「お前さん、何処の誰だい」

店番は、胡散臭《うさんくさ》そうに太市を見た。

「あっ。此奴は申し遅れました。あっしは南町奉行所吟味方与力の秋山久蔵の家の者です」

太市は告げた。

「えっ。南の御番所の秋山さま……」

店番は驚いた。

「はい。教えて頂けますか……」

「そりゃあ、もう、何なりと……」

店番は、慌てて手の平を返した。

太市は、小料理屋『お多福』に就いて聞き込んだ。

小料理屋『お多福』は、亭主の勘平《かんぺい》が三年前に商人宿だった家を買い、一角を小料理屋に改築し、女房のおこんと僅かな馴染客を相手に細々と営まれていた。

板前で亭主の勘平は、空き部屋を旅の行商人などに貸し、商人宿紛いの事をして金を稼いでいた。

勘平はそれなりの遣り手だ……。

太市は、微かな違和感を覚えた。

違和感の理由は分からないが、覚えたのは確かなのだ。

太市は、違和感を覚えながら久助の事を訊いた。

「ああ。久助は遊び人でしてね。お多福の間借り人ですよ」

店番は、太市が秋山久蔵の屋敷の者だと知ってから懇切丁寧に教えてくれた。

「遊び人の間借り人……」

「ええ。勘平さんやお多福の馴染客の遣い走りなんかをしていますよ」

「そうですか……」

太市は、店番に礼を云って小料理屋『お多福』に戻った。

小料理屋『お多福』は、開店の仕度を始めていた。

太市は、物陰から見張った。

大年増が現れ、店先の掃除を始めた。

勘平の女房で女将のおこん……。

太市は睨んだ。

「じゃあ、女将さん……」

久助が現れ、おこんに挨拶をして弥勒寺橋に向かった。

「ああ。気を付けてね」

おこんは、久助を見送った。

よし……。

太市は、久助を追った。


久助は、弥勒寺橋から竪川に出て二つ目之橋を渡り、公儀御竹蔵の裏に続く道を真っ直ぐに進んだ。そして、大川沿いの道に出て北本所の吾妻橋に向かった。

太市は尾行た。

吾妻橋を渡って浅草田原町の仏具屋『念仏堂』に行く……。

太市は読んだ。

久助は、吾妻橋を渡って浅草広小路の雑踏を西に進んだ。

仏具屋『念仏堂』は、一つ一つの品物の値が高く、馴染客の屋敷を訪れての商売も多く、静かに繁盛をしていた。

久助は、物陰に潜んで仏具屋『念仏堂』を窺った。

太市は見張った。

通い奉公のおようは、既に仏具屋『念仏堂』に出勤し、台所で女中働きをしている筈だ。

台所は店の裏手にあり、表を見張っていてもおようの動きは見定められない。

それなのに久助は、熱心に店を見張っている。

何故だ……。

太市は、再び微かな違和感を覚えながら久助を見張った。

久助は、仏具屋『念仏堂』に出入りしている客を見守っていた。

客……。

太市は気が付いた。

久助は、おようだけではなく、仏具屋『念仏堂』の繁盛振りも見張っているのだ。

太市は眉をひそめた。

隅田川に流れ込む山谷堀の今戸橋の船着場には、屋根船が繋がれていた。

屋根船の障子の内には幸吉、雲海坊、由松が乗っており、清吉が茶を淹れて差し出していた。

「谷中の賭場に霞の藤兵衛は現れないか……」

幸吉は茶を飲んだ。

「はい。それに、藤兵衛の足取りを知っている者も中々現れません」

由松は、微かな苛立ちを過ぎらせた。

「そうか……」

「勇次が賭場に張り付いていますが、ひょっとしたら霞の藤兵衛、もう谷中の賭場には現れないのかも……」

由松は読み、茶を啜った。

「うむ。で、雲海坊の方はどうだ……」

「ああ。新八といろいろ聞き込んで歩いているけど、今、江戸で動いているのは、何処かの田舎盗人だそうだよ」

雲海坊は笑った。

「昔、江戸で追われて辛うじて逃げ切った盗賊の頭が、お礼参りのお勤めを企んでいるって噂があってね」

雲海坊は報せた。

「お礼参りのお勤めか、どうやらその辺りかな……」

幸吉は眉をひそめた。

「ああ。今、新八がその噂を追っているよ」

雲海坊は頷いた。

「うん。霞の藤兵衛、やはり江戸での押込みを企んでいるか……」

幸吉は睨んだ。

「お礼参りの押込みとなると、八年前に押込みを企てて気付かれ、江戸から逃げた一件と拘わりがありますかね」

由松は読んだ。

「お礼参りに拘れば、あるかもな……」

雲海坊は苦笑した。

「よし。由松と勇次は賭場から引き揚げ、八年前に霞の藤兵衛が企んだ押込みの
「田舎盗人……」

一件を調べてくれ」

幸吉は命じた。

「承知……」

由松は頷いた。

「雲海坊と新八は、引き続き田舎盗人の噂をな……」

幸吉は、小さな笑みを浮かべた。

荷船が傍を通ったのか、屋根船は揺れた。

三

昼が過ぎた。

仏具屋『念仏堂』の奉公人たちの昼飯の時は終わった。

久助は、様子を窺い続けていた。

太市は見張った。

おようが、仏具屋『念仏堂』の裏に続く路地から出て来た。

太市は、久助を窺った。

久助は、戸惑った面持ちで出て来たおようを見ていた。
おようは、前掛けを外しながら足早に浅草広小路を東に進んだ。
久助は、戸惑いながらもおようを尾行た。
太市は、おようと久助を追った。
おようは、浅草広小路の雑踏を東に進んだ。
隅田川に架かっている吾妻橋を渡り、本所回向院裏の甚六長屋に戻るのか……。
それとも蔵前の通りから柳橋に行くのか……。
太市は追った。

おようは、浅草広小路から蔵前の通りに入った。
柳橋に行く……。
太市は知った。
久助に知られて良いのか……。
太市は、不意にそう思った。
おようは、柳橋の船宿『笹舟』に行くのを久助に知られても構わないのか……。
太市は困惑した。

久助は、船宿『笹舟』の主が岡っ引の柳橋の幸吉だと知っているかもしれない。
知っているとしたらどう出るか……。
およや佐七の身に、何らかの禍《わざわい》が及ぶかもしれない。
太市の勘が囁いた。
よし……。
太市は、路地に駆け込んだ。
おようは、御厩河岸《おんまやがし》の入口から浅草御蔵に差し掛かった。
久助は尾行た。
そして、御厩河岸の入口に差し掛かった。
次の瞬間、八幡宮大護院《だいごいん》の鳥居の陰から太市が現れ、久助の前に立ち塞がった。
「手前、久助だな」
太市は怒鳴った。
行き交う人たちは驚き、眉をひそめて立ち止まった。
「な、何だ、手前……」
久助は驚き、たじろいだ。

「煩せえ、久助……」

太市は、久助に殴り掛かった。

久助は、慌てて躱《かわ》した。

「此の野郎。騙された恨みを晴らす……」

太市は、尚も久助に襲い掛かった。

おようは、遠ざかって行った。


柳橋の船宿『笹舟』は、大川から吹き抜ける微風に暖簾を揺らしていた。

おようは、柳橋の袂に佇んで船宿『笹舟』の店を窺った。

番頭風の年寄りが船宿『笹舟』から現れ、おように向かった。

おようは、思わず踵《きびす》を返した。

塗笠を被った着流しの侍が、眼の前にいた。

おようは、会釈をして通り過ぎようとした。

「待ちな、およう……」

塗笠を被った侍は囁いた。

おようは、凍《い》て付いた。

「笹舟に用があるのだろう」

塗笠を被った侍は、おように告げた。

「えっ……」

おようは戸惑った。

「秋山さまじゃありませんか……」

番頭風の年寄りは、塗笠を被った侍に声を掛けた。

「やあ。長八、久し振りだな」

塗笠を被った侍は久蔵だった。

「はい……」

長八は、顔の皺を深くして笑った。

「さあ、およう。話を聞かせて貰おうか……」

久蔵は、塗笠を取っておように笑い掛けた。

「どうぞ……」

お糸は、久蔵、長八、おように茶を差し出した。

おようは、緊張に身を固くしていた。

「およう、笹舟の誰に用があるのだ……」

久蔵は尋ねた。

「はい。弥平次の親分さんに……」

およりは告げた。

「あら、お父っつあんに……」

お糸は、戸惑いを浮かべた。

「えっ。じゃあ、親分さんのお嬢さんですか……」

およりは、お糸を見詰めた。

「もう、お嬢さんって歳じゃあないけど……」

お糸は苦笑した。

「およう。弥平次の親分は隠居してな。柳橋の今の親分は幸吉ってんだよ」

長八は告げた。

「弥平次の親分さんが隠居……」

おようは、戸惑いと不安を交錯させた。

「弥平次の親分に何の用だ……」

久蔵は、おように尋ねた。

「そ、それは……」

およらは躊躇った。

「およらさん、こちらさまは南町奉行所吟味方与力の秋山久蔵さま。うちのお父っつあんがそりゃあもう頼りにしていたお方でしてね。何でもお話しすると良いですよ」

お糸は勧めた。

「秋山久蔵さま……」

およらは、久蔵を見た。

「思い出した……」

長八が声を上げた。

「およら、お前さん、盗賊霞の藤兵衛の一味にいた目利きの喜十《きじゅう》の娘だな」

長八は、およらを見据えた。

「はい。左様にございます」

およらは頷いた。

「目利きの喜十か。確か仏像やお宝に目の利く盗人だったたな」

久蔵は、霞の藤兵衛配下の盗人目利きの喜十を知っていた。

「はい。お父っつあんは、霞の藤兵衛お頭の遣り方と合わなくなり、一味から抜ける為に私とおっ母さんを残して江戸から逃げたんです。その時、お父っつあんは、霞の藤兵衛が何か困った事を云って来たら、柳橋の弥平次親分さんを頼れと……」

おようは告げた。

「そうか。それで、あっしが弥平次の親分に云われて一度、入谷だったか長屋に様子を見に行った事があった……」

長八は、その時におようを見ていた。

「そうでしたか。でも、霞の藤兵衛は江戸から逃げて何事もなく時が過ぎ、おっ母さんが病で死に、私は大工の佐七と所帯を持ったのですが……」

「佐七が仕事中に普請場の屋根から落ち、身体が不自由になったのか……」

「はい。そして、私は仏具屋念仏堂に女中の通い奉公に出ていたら……」

「霞の藤兵衛が現れたか……」

久蔵は読んだ。

「はい。で、云う事を聞かなければ、身体の不自由な佐七を殺すと……」

おようは、恐怖に声を震わせた。

「云う事とは……」

　久蔵は眉をひそめた。

「仏具屋念仏堂に、水戸藩江戸屋敷の仏間の改築改装を請け負った代金、大金の支払われる日を探り出せと……」

　おようは、疲れ切った面持ちで告げた。

「秋山さま……」

　長八は、緊張を滲ませた。

「ああ。霞の藤兵衛、仏具屋念仏堂の押込みを企てているか……」

　久蔵は苦笑した。

「はい……」

　長八は頷いた。

「それで、弥平次の親分を頼ろうと、笹舟にやって来たか……」

　久蔵は、おようにに訊いた。

「はい。ですが、藤兵衛に気が付かれた時を思うと、恐ろしくて……」

「笹舟に入れなかったか……」

「はい……」

およう《・》は頷いた。

「そうか。良く分かった……」

久蔵は頷いた。

平次が、小さな足音を鳴らせて駆け込んで来た。

「おっ母ちゃん、太市ちゃんが来たよ」

「あら、太市さんが……」

「お邪魔します」

太市が現れ、およう《・》がいるのを見て安堵を浮かべた。

「遅かったな……」

久蔵は訊いた。

「はい。久助が後を尾行ていたので、因縁を付けて追い払いました」

太市は苦笑した。

「そいつは上出来だ。およう、事情は良く分かった。後は引き受けた。今迄通り、念仏堂に通い奉公をしていな」

久蔵は命じた。

「はい……」

「で、次に久助が訊いて来たら、水戸藩の支払いは明後日だと云うんだな」

「明後日……」

「うむ。明後日、念仏堂に大金が入るようだとな……」

久蔵は、冷笑を浮かべた。

「は、はい……」

おようは、不安を過ぎらせた。

「心配するな、およう。お前と佐七、此の秋山久蔵と柳橋の皆が必ず助ける」

久蔵は笑った。

「はい。宜しくお願いします」

おようは、久蔵に深々と頭を下げた。

おようは、浅草田原町の仏具屋『念仏堂』に急いで帰った。

太市と長八が尾行け、それとなく見守った。

久助は、蔵前の通りでは現れず、浅草の仏具屋『念仏堂』の周囲にもいなかった。

「久助の野郎、いませんよ」

太市は眉をひそめた。

「よし。太市、おようは俺が見張る。お前は本所松坂町の長屋に走り、亭主の佐七が無事かどうかをな……」

長八は、それぞれの遣る事を決めた。

「承知。じゃあ……」

太市は、本所松坂町に走った。


盗賊霞の藤兵衛は、浅草の仏具屋『念仏堂』の押込みを企てている……。

幸吉と清吉は、船宿『笹舟』に戻って来て久蔵から事の次第を聞いた。

「やっぱり、霞の藤兵衛でしたか……」

幸吉は頷いた。

「ああ。江戸に舞い戻り、浅草の仏具屋念仏堂に押込もうとしている……」

久蔵は告げた。

「浅草の念仏堂ですか……」

「ああ。水戸藩から江戸屋敷の仏間の改築改装代の大金が入るそうでな。その日を狙っているようだ」

「大金の入る日ですか……」

「ああ。そいつがいつかは未だ分からないがな……」

「そうですか……」

「で、藤兵衛が何処に潜んでいるか分らぬが、久助と云う一味の者は深川北森下町、弥勒寺橋の袂のお多福と申す小料理屋にいるそうだ」

久蔵は教えた。

「分かりました。清吉、勇次と由松に弥勒寺橋の袂のお多福にいる久助を、雲海坊と新八には浅草の仏具屋念仏堂を、それぞれ見張るように伝えろ」

幸吉は、清吉に命じた。

「承知しました。じゃあ、御免なすって……」

清吉は、船宿『笹舟』から勢い良く駆け出して行った。

「御苦労さまでした。お陰で助かりました」

幸吉は、久蔵に礼を述べた。

「いや。おように泣きを見せてはならぬ。それに、泣きを見せたら頼られた弥平次の顔を潰す事になる……」

久蔵は笑った。

「さあ、お前さん、お酒をお持ちしましたよ」

お糸と平次が、酒と肴を運んで来た。

「おう……」

久蔵と幸吉は、酒を飲み始めた。


本所回向院裏、松坂町の甚六長屋には赤ん坊の泣き声が響いていた。

太市は、木戸や長屋内を窺った。

久助が、潜んでいる気配はなかった。

太市は見定め、甚六長屋の奥のおようと佐七の家に近付き、台所の格子窓の隙間から中の様子を窺った。

狭く薄暗い家の奥には蒲団が敷かれ、無精髭の男が必死に立ち上がろうとしていた。

佐七だ……。

太市は見定めた。

佐七は、息を鳴らして懸命に立ち上がって歩く稽古をしていた。

久助が来た様子はない。

太市は安堵した。

佐七は、よろめきながら懸命に歩く稽古を続けていた。

太市は見守った。


勇次と由松は、深川北森下町弥勒寺橋の袂の小料理屋『お多福』に赴いた。

「あそこですね」

勇次は、五間堀に架かっている弥勒寺橋の袂から小料理屋『お多福』を示した。

小料理屋『お多福』は未だ仕度中であり、人の出入りはなかった。

「由松さん、あっしは自身番に行って来ます」

「ああ。見張りは引き受けた」

由松は頷き、小料理屋『お多福』の見張りに就いた。

勇次は、北森下町の自身番に走った。


雲海坊と新八は、浅草田原町の仏具屋『念仏堂』の周囲を検めた。

仏具屋『念仏堂』の周囲には、霞の藤兵衛一味の盗賊と思われる者はいなかった。

「怪しい野郎はいないな……」

雲海坊は見定めた。

「はい。ですが、長八さんがいましたよ」

新八は、仏具屋『念仏堂』の裏に続く路地を物陰から見張っている長八を示した。

「長さんが……」

雲海坊は、路地を見張っている長八に気が付いた。

「よし。怪しい者が来るかどうか見張っていてくれ。俺は長さんに逢って来る」

「はい……」

新八は頷いた。

雲海坊は、物陰にいる長八に近付いた。

長八は、近付いて来る雲海坊に気が付いた。

雲海坊は、長八に目配せをして通り過ぎた。

長八が続いた。

長八は、仏具屋『念仏堂』の見える処で雲海坊に事の次第を話した。

「成る程、そうでしたか……」

雲海坊は頷いた。

「うん。雲海坊たちが来てくれて助かったよ。久し振りの張り込みで草臥《くたび》れた」

長八は、吐息混じりに苦笑した。

「そいつは良かった。後は任せて下さい」

「じゃあ、ちょいと休ませて貰うぜ」

長八は、浅草広小路の反対側にある茶店に向かった。

雲海坊は、新八の処に戻り、仏具屋『念仏堂』を見張った。

浅草広小路の賑わいは続いた。


刻が過ぎた。

雲海坊、新八、長八は、仏具屋『念仏堂』を見張り続けた。

仏具屋『念仏堂』の裏に続く路地から通いの奉公人たちが帰り始めた。

帰る通いの奉公人の中には、おようもいた。

「雲海坊、新八。じゃあ、俺はおようを尾行るぜ」

長八は告げた。

「はい。新八、お前も行きな」

「承知……」

新八は、長八と共におようを追った。

雲海坊は、仏具屋『念仏堂』を見張った。


隅田川に架かっている吾妻橋を渡って北本所に出る。そして、大川沿いの道を南の両国橋に向かった。

およう は、大川沿いの道から横網町に抜けて買い物をした。そして、回向院裏の松坂町の甚六長屋の木戸を潜った。

長八と新八は、木戸に走って長屋の奥の家に入るおようを見届けた。

「長八さん、新八……」

物陰から太市が現れ、長八と新八に声を掛けた。

「太市……」

長八と新八は、太市に駆け寄った。

「亭主の佐七は無事です。辺りに久助の野郎はいません」

太市は告げた。

「そいつは良かった」

長八と新八は、緊張を解いた。

「ですが、久助の野郎、此れから来るかもしれません」

太市は読んだ。

「うん。およう や佐七に指一本触れさせちゃあならねえが、下手な真似をすれば、およう から押込みの企てが洩れたと知れる。見守るしかないか……」

長八は、厳しさを滲ませた。


浅草広小路に夕暮れが訪れた。

行き交う人々は減り、連なる店は大戸を閉め始めた。

雲海坊は、托鉢の経を読みながら斜向かいの仏具屋『念仏堂』を見張った。

「変わりはないようだな……」

塗笠を被った久蔵が、幸吉と共に背後に現れた。

「ええ。周りに妙な野郎はいませんよ」

雲海坊は告げた。

「そうか……」

「新八は……」

幸吉は尋ねた。

「帰るおようを尾行て行きました」

「そうか……」

幸吉は頷いた。

「して、念仏堂の旦那はいるかな……」

久蔵は尋ねた。

「あっしが見張りに就いてから、旦那が出掛けた様子はありません」

「ならば、旦那に逢ってみるか……」

久蔵は、塗笠を上げて店仕舞いをしている仏具屋『念仏堂』を眺めた。

四

仏具屋『念仏堂』主の勘右衛門《かんえもん》は、不意に訪れた久蔵に戸惑いながらも座敷に通した。

「やあ。南町奉行所吟味方与力の秋山久蔵だ。不意に訪れて申し訳ないな」

久蔵は詫びた。

「いいえ。それより何か……」

勘右衛門は、不安を過ぎらせた。

「うむ。そいつなのだが、勘右衛門、水戸藩江戸屋敷の仏間改築改装の代金、いつ支払って貰えるのかな……」

久蔵は、勘右衛門を見据えた。

「えっ……」

勘右衛門は戸惑った。

「水戸藩の支払日だ」

「そ、それは四日後にございますが……」

勘右衛門は、不安気に告げた。

「四日後か……」

久蔵は、笑みを浮かべた。

「はい。左様にございますが……」

勘右衛門は、困惑と不安を交錯させた。

「ならば、水戸藩の支払い、二日後の明後日と云う事にして貰おう」

久蔵は、勘右衛門に笑い掛けた。

「えっ。秋山さま……」

勘右衛門は混乱した。

「実はな、勘右衛門。盗賊の霞の藤兵衛一味が、その金を狙って仏具屋念仏堂の押込みを企てていてな……」

「ええっ……」

勘右衛門は仰天した。

「落ち着け、勘右衛門。霞の藤兵衛一味は必ずお縄にする。安心するが良い……」

久蔵は、不敵に云い放った。


本所回向院裏の甚六長屋の家々は、小さな明かりを灯していた。

長八、新八、太市は、甚六長屋のおよう佐七夫婦の家に近付く者を見張っていた。

刻が過ぎ、甚六長屋の木戸に半纏を着た男がやって来た。

久助か……。

長八、新八、太市は見守った。

半纏を着た男は、甚六長屋を窺っておよう佐七の家に近付いた。

久助だ……。

太市は見定め、長八と新八に目配せをした。

長八と新八は頷き、久助を見据えた。


久助は、おようと佐七の家の腰高障子を静かに叩いた。

僅かな刻が過ぎ、おようが腰高障子を開けて出て来た。

「あっ……」

おようは眉をひそめた。

久助は、おようを木戸に呼び出した。

「水戸藩が念仏堂に金を払う日、分かったかい……」

久助は、おようを見据えた。

「は、はい……」

　およう《・》は、固い面持ちで頷いた。

「いつだ……」

「明後日だと、番頭さんが仰《おつしや》っていました」

　ようは、緊張に掠れた声で告げた。

「明後日……」

「はい……」

「間違いないだろうな」

　久助は、ようを厳しく見据えた。

「はい。私はそう聞きました」

　ようは、懸命に久助を見返した。

「そうか。処でおよう。昼間は何処に行ったんだ……」

　久助は、ように探る眼差しを向けた。

「えっ……」

「昼間、蔵前の通りを何処に行ったんだ」

　久助は凄んだ。

「ああ。両国の薬種屋に佐七の腰に効く煎じ薬があると聞いて、買いに行ったんですよ」

「何て薬種屋だ」

「米沢町の秀峰堂《しゅうほうどう》ですよ」

おようは、久蔵たちとの打ち合わせ通りに告げた。

「そうか。じゃあな……」

久助は、おように笑い掛けて踵を返した。

おようは、安堵を浮かべた。


久助は、甚六長屋の木戸を出て竪川に向かった。

「あっしが追います」

新八は、久助を追った。

「うん……」

長八と太市は、木戸の傍に佇むおように近寄った。

深川弥勒寺橋の袂にある小料理屋『お多福』は、五間堀から吹く夜風に暖簾を揺らしていた。

由松と勇次は、小料理屋『お多福』を見張っていた。

半纏を着た男が、弥勒寺橋を渡って来た。

由松と勇次は見守った。

半纏を着た男は、小料理屋『お多福』に入った。

「いらっしゃい……」

女将のおこんの迎える声が聞えた。

若い男が、半纏を着た男を追うように弥勒寺橋を渡って来た。

新八だった。

「おう、新八……」

勇次は、新八に声を掛けた。

「あっ。勇次の兄貴、由松さん……」

新八は、勇次と由松に近寄った。

「半纏の野郎なら、そこのお多福に入ったぜ」

勇次は告げた。

「誰だ……」

由松は尋ねた。

「はい。久助って野郎です」

「久助か……」

由松は眉をひそめた。

「小料理屋のお多福。どうやら霞の藤兵衛一味の盗人宿だな」

勇次は睨んだ。

深川北森下町の夜空には、夜廻りの木戸番の打つ拍子木の音が響いた。

燭台の火は揺れた。

「そうか、およう、現れた久助に水戸藩の支払いは明後日、二日後だと教えたか……」

久蔵は笑った。

「はい。それから、昼間は蔵前通りから両国米沢町の薬種屋に佐七さんの薬を買いに行ったと……」

「打ち合わせ通りだな」

「はい。それで旦那さま、佐七さんなんですが……」

「佐七がどうかしたか……」

「はい。懸命に立ち上がり、歩く稽古をしていましてね。どうにかならないんですかね」

太市は、佐七に同情した。

「ほう。佐七、歩く稽古をしているのか……」

「はい。一生懸命に……」

「そうか、歩く稽古をな……」

久蔵は眉をひそめた。

翌日。

明日、水戸藩は江戸屋敷の仏間改築改装代の五百両を仏具屋『念仏堂』に支払う……。

仏具屋『念仏堂』の奉公人たちは、旦那の勘右衛門の身辺から洩れて来た話を囁き合った。

弥勒寺橋の架かっている五間堀は鈍色《にびいろ》に輝き、緩やかに流れていた。

由松、勇次、新八は、小料理屋『お多福』を見張り続けた。

小料理屋『お多福』から亭主の勘平と久助が現れ、弥勒寺橋に向かった。

「由松さん、お多福を頼みます。あっしと新八は、久助と勘平を追います」

勇次は、由松に告げた。

「うん。気を付けてな……」

由松は頷いた。

勇次と新八は、勘平と久助を追って弥勒寺橋に急いだ。

久助と勘平は、弥勒寺橋下の船着場に下り、舫《もや》っていた屋根船に乗り込んだ。

「勇次の兄貴、船です……」

新八は焦った。

「ああ……」

久助は、勘平を乗せた屋根船を操り、五間堀から六間堀《ろっけんぼり》に向かった。

「よし……」

勇次は、弥勒寺橋下の船着場に駆け下りて繋いであった猪牙舟に乗り、舫い綱を解いた。

「早く乗れ、新八……」

「は、はい……」

新八は、慌てて猪牙舟に飛び乗った。

勇次は、新八を乗せた猪牙舟を巧みに操り、久助の漕ぐ屋根船を追った。

六間堀は、本所竪川と深川小名木川《おなぎがわ》を南北に繋いでいる。

久助の漕ぐ屋根船は、六間堀から小名木川に進んだ。

勇次は、新八を乗せた猪牙舟を漕いで屋根船を尾行た。

「勇次の兄貴、此の猪牙は……」

「船着場の傍の盗人宿だ。笹舟の空いている猪牙を持って来て置いた」

船宿『笹舟』の船頭でもある勇次は、久助の漕ぐ屋根船を見詰め、猪牙舟を巧みに操って追った。


浅草広小路は賑わった。

仏具屋『念仏堂』は、いつもと変わらぬ商売をしていた。

和馬と幸吉は、雲海坊や清吉と仏具屋『念仏堂』の周囲に不審な者が現れないかを見張っていた。

通い奉公の女中のおようは、いつも通りに仏具屋『念仏堂』の台所で働いていた。

亭主の佐七は、甚六長屋の家で歩く稽古に懸命だった。

長八と太市は、それぞれを見守った。


六間堀から深川小名木川に出た久助の操る屋根船は、大名家江戸下屋敷が並び、埋立地が続く東に進んだ。

勇次の猪牙舟は、新八を乗せて続いた。

久助の漕ぐ屋根船は、勘平を乗せて小名木川を東に進み、横川と交差する新高橋を潜り、尚も進んで横十間堀に曲がった。

勇次は、猪牙舟の船足を上げた。

横十間堀に架かる大島橋を潜り、猿江御材木蔵沿いを北に進むと本所竪川に出た。そして、竪川を横切って旅所橋《たびしょばし》を潜り、尚も進んで天神橋の船着場に出る。

久助の操る屋根船は、横十間堀に架かっている天神橋の船着場に屋根船の船縁《ふなべり》を寄せた。

「勇次の兄貴……」

新八は緊張した。

「うん……」

勇次は、猪牙舟を巧みに操って岸辺沿いを進んだ。

屋根船から久助と勘平が降り、天神橋の脇に出る石段を上がった。

勇次は、猪牙舟を一漕ぎで船着場に進めた。

新八は、船着場に跳び下りて石段を駆け上がった。

勇次は、素早く猪牙舟を舫って続いた。

新八は、天神橋の脇に跳び出して左右を窺った。

勘平と久助は、亀戸天満宮の西の鳥居に進み、傍の黒板塀に囲まれた家に入った。

新八は見届けた。

「どうだ……」

勇次が背後に現れた。

「鳥居の傍の黒板塀の家に入りました」

新八は告げた。

「亀戸天満宮は、西の鳥居傍の黒板塀を廻した家か……」

勇次は、勘平と久助の入った家を見定めた。

「ええ……」

新八は頷いた。

「よし、見張っていろ。俺は誰のどう云う家か訊いて来る」

勇次は、亀戸町の自身番に走った。

弥勒寺橋の袂の小料理屋『お多福』は、女将おこんが開店の仕度をしていた。

由松は見張った。

薬の行商人と旅の雲水の二人が、小料理屋『お多福』を訪れて中に入り、出て来る事はなかった。

霞の藤兵衛一味の盗賊……。

由松は見定めた。

亀戸天満宮前の黒板塀に囲まれた家は、川越の織物問屋の旦那の江戸での家であり、普段は若い妾が婆やと二人で住んでいた。

「で、今、川越の織物問屋の旦那っての、江戸に来ているんですか……」

新八は眉をひそめた。

「ああ。木戸番の話じゃあ、十日ぐらい前から来ているそうだぜ」

「霞の藤兵衛ですかね」

「きっとな。勘平と久助、念仏堂が水戸藩から金を受け取るのが明日だと知れ、そいつを報せに来たのかもな……」

勇次は読んだ。

「ええ……」

「よし。川越の織物問屋の旦那が霞の藤兵衛だと、見定めるぜ……」

勇次と新八は、黒板塀に囲まれた家の見張りについた。

陽は西に傾き始めた。


夕暮れ時が近付いた。

五間堀には、弥勒寺の僧侶たちの読む経が洩れて来ていた。

由松は、五間堀に架かる弥勒寺橋越しに小料理屋『お多福』を見張っていた。

「どうだ……」

和馬と幸吉がやって来た。

「主の勘平と久助が出掛け、勇次と新八が追ったまま、未だ戻って来ちゃあいません」

由松は告げた。

「そうか……」

「それから、行商人や旅の者が四人、お多福に入った切り、出て来ちゃあいません」

由松は苦笑した。

「霞の藤兵衛の手下か……」

和馬は睨んだ。

「きっと……」

由松は頷いた。

「お多福の主の勘平と久助を入れて六人。それに頭の藤兵衛を入れて一味は七人かな……」

幸吉は読んだ。

「うむ。後は頭の霞の藤兵衛が現れるのを待つだけか……」

「ええ。あっしは此のまま由松とお多福を見張りますぜ」

「うむ。じゃあ、俺は秋山さまに報せてくる」

和馬は、幸吉と由松を残して南町奉行所に向かった。


夕陽は横十間堀に映えた。

勇次と新八は、黒板塀に囲まれた家を見張り続けた。

黒板塀の木戸門が開いた。

勇次と新八は、素早く物陰に隠れた。

木戸門から勘平と久助が現れ、辺りに不審な者はいないと見定めた。

痩せて背の高い老人が木戸門から現れ、勘平と久助に誘われて天神橋の下の船着場に向かった。

「勇次の兄貴、あの年寄り……」

「ああ。きっと霞の藤兵衛だ……」

勇次と新八は、天神橋の船着場に走った。

痩せて背の高い老人は、勘平を従えて屋根船の障子の内に入った。

久助は、屋根船の舳先《へさき》を廻して竪川に向かった。

勇次と新八は、船着場に駆け下りて猪牙舟に乗り、久助の漕ぐ屋根船を追った。

夕陽は沈み、行き交う船は明かりを灯し始めた。


「そうか。霞の藤兵衛一味の盗人、集まり始めたか……」

久蔵は、冷笑を浮かべた。

「はい。残るは霞の藤兵衛が小料理屋のお多福に現れるのを待つばかりです」

「よし。和馬、霞の藤兵衛一味は、今日中に小料理屋のお多福に集まる手筈だろう。それ迄に捕り方たちを弥勒寺に入れておけ……」

久蔵は命じた。

「ならば、念仏堂に押込む前に……」

和馬は読んだ。

「ああ。先手を打って、江戸の恐ろしさを思い知らせてやる」

久蔵は、不敵に笑った。


小料理屋『お多福』は、早々に暖簾を片付けて店仕舞いをした。

六間堀から入って来た屋根船は、弥勒寺橋の船着場に船縁を寄せた。

勘平と痩せて背の高い老人が屋根船を下り、弥勒寺橋脇に上がって小料理屋『お多福』に入った。

久助が続いた。

幸吉と由松は見届けた。

「親分、痩せて背の高い年寄り……」

由松は眉をひそめた。

「ああ。噂に聞いている人相風体だ。霞の藤兵衛に違いあるまい……」

幸吉は、厳しい面持ちで睨んだ。

勇次と新八が、弥勒寺橋の船着場から駆け上がって来た。

由松は、指笛を短く鳴らした。

勇次と新八は、気が付いて駆け寄って来た。

「親分、由松さん、今の背の高い年寄り……」

勇次は、息を鳴らした。

「ああ。霞の藤兵衛だそうだ」

由松は頷いた。

「やっぱり……」

勇次と新八は、喉を鳴らした。

「霞の藤兵衛、漸く現れたようだな」

久蔵が現れた。

「秋山さま……」

幸吉、由松、勇次、新八は迎えた。

「此れでお多福にいる霞の藤兵衛一味、頭の藤兵衛を入れて七人か……」

「はい。今の処は……」

幸吉は頷いた。

「よし。お多福から眼を離すな」

久蔵は命じた。

「はい……」

「処で柳橋の、藤兵衛は何処から来たのだ」

「勇次……」

「はい。亀戸天満宮の傍の妾の家からです」

「よし。勇次、その妾の家に連れて行って貰おうか……」

久蔵は笑った。

久蔵と勇次は、亀戸天満宮の西の鳥居傍の黒板塀に囲まれた家で若い妾を押さえ、川越の織物問屋の旦那が盗賊の霞の藤兵衛だと証言をさせた。

幸吉は、雲海坊と清吉を仏具屋『念仏堂』の見張りから解き、小料理屋『お多福』に呼び寄せた。

夜が更け、小料理屋『お多福』の明かりは消えた。

寝込みを襲う……。

久蔵は、捕り方たちに小料理屋『お多福』を取り囲ませた。

「町奉行所は生かして捕えるのが役目、だが、相手は外道働きの盗賊、手に余れば容赦は無用……」

久蔵は、和馬に幸吉、勇次、新八、清吉と小料理屋『お多福』の表から踏み込むように命じ、雲海坊と由松を従えて裏に廻った。

和馬は、新八と清吉に小料理屋『お多福』の雨戸を蹴破らせ、幸吉や勇次と猛然と踏み込んだ。

寝込みを襲われた盗賊たちは驚き、寝間着姿で激しく狼狽えた。

和馬、幸吉、勇次、新八、清吉は、盗賊たちを容赦なく叩きのめした。

捕り方たちは、倒れた盗賊たちを袋叩きにして捕り縄を打った。

怒号と悲鳴が上がり、小料理屋『お多福』は激しく揺れた。

久蔵は、雲海坊や由松と裏口から踏み込み、逃げようとしていた霞の藤兵衛と勘平に襲い掛かった。

由松は、勘平の匕首を握る腕を抱え込んで鼻捻《はなねじ》で叩きのめした。

勘平は、悲鳴を上げて倒れた。

藤兵衛は奥に逃げた。

和馬、幸吉、勇次は、盗賊の手下を次々に叩きのめした。

久助は、長脇差を振り廻した。

清吉は、久助に目潰しを投げた。

白い粉が舞い上がり、久助は怯んだ。

新八は、久助の長脇差を奪い取り、萬力鎖で打ちのめした。

久助は崩れた。

盗賊たちは捕えられた。

霞の藤兵衛は、久蔵と雲海坊に追い詰められた。

「霞の藤兵衛、八年前の礼参りの押込みとは、飛んで火にいる夏の虫。江戸じゃあ通用しない田舎芝居。御苦労な事だな」

久蔵は、嘲りを浮かべた。

「う、煩せえ……」

藤兵衛は、長脇差で久蔵に斬り掛かった。

雲海坊は、藤兵衛の足許に錫杖《しゃくじょう》を素早く突き出した。

藤兵衛は、錫杖に足を縺《もつ》れさせて無様に倒れ込んだ。

「歳を取ると、足腰が弱るもんだよ」

雲海坊が、錫杖で藤兵衛を抑え込んだ。

藤兵衛は踠き、苦しく呻いた。

「霞の藤兵衛。此れ以上、年甲斐のない真似はするんじゃあない……」

久蔵は、倒れた藤兵衛に冷笑を浴びせた。

盗賊霞の藤兵衛一味の仏具屋『念仏堂』の押込みは、未遂に終わった。

久蔵は、霞の藤兵衛と勘平や久助たち七人の盗賊を死罪に処した。

そして、おようは盗賊と一切の拘わりなしとし、亭主の佐七を養生所の肝煎《きもいりお》小川良哲《がわりようてつ》に預けた。

佐七は、養生と稽古次第で必ず歩けるようになる。

良哲と担当の外科医は診立てた。

佐七とおようは、手を取り合って嬉し泣きをした。

「そいつは良かった……」

太市は、久蔵からその話を聞いて喜んだ。

「旦那さま、長八さんも心配していました。報せて来て良いですか……」

「うむ……」

久蔵は頷いた。

「じゃあ、行って来ます」

太市は、張り切って出掛けて行った。

おようの盗賊の娘として逃げ隠れする暮らしは終わった……。

久蔵は、冷えた茶を飲んだ。

木洩れ日は煌めいた。

第四話 微笑み

一

昼過ぎ。

湯島の学問所を出た秋山大助《だいすけ》は、神田川に架かっている昌平橋の袂で御徒町《おかちまち》に帰る友人と別れて神田八つ小路に進んだ。

神田八つ小路は、八つの道筋のある広場で多くの人々が忙しく行き交っていた。

大助は、日本橋に続く神田須田町の道筋に進んだ。

神田須田町、神田鍋町《なべちょう》、神田鍛冶町、本銀町《ほんしろがねちょう》、室町《むろまち》などを通り、日本橋川に架かっている日本橋を渡り、高札場の傍を抜けて楓川《もみじがわ》に曲がる。そして、楓川を渡ると八丁堀であり、南北両町奉行所の与力同心の組屋敷街がある。

大助は、日本橋を渡って高札場に出た。
高札場には公儀の触書が掲げられ、多くの人々が見上げて賑わっていた。
大助は、賑わう高札場の傍を通り過ぎようとした。
女の悲鳴が上がった。
大助は立ち止まり、女の悲鳴の上がった高札場を見た。
人々が後退りし、羽織を着た男が倒れているのが僅かに見えた。
どうした……。
大助は戸惑った。
「人殺しだ。人殺しがいるぞ……」
男の叫び声が上がり、取り囲んでいた人々はお互いを見て慌てて散った。
慌てて散った人々の中には、粋な形の年増がいた。
粋な形の年増は、大助に危うくぶつかりそうになり、会釈をして擦れ違った。
倒れた羽織を着た男が一人残された。
大丈夫か……。
大助は、倒れている羽織を着た男に駆け寄り、様子を見た。
羽織を着た中年の男は、脇腹から血を流して辛うじて息をしていた。

生きている……。

「誰か、お医者だ。お医者はいないか……」

大助は叫んだ。

「退け、退け……」

同心が中年の岡っ引と下っ引を従え、十手を翳して駆け付けて来た。

「おお。脇腹を怪我をしているが、未だ息があります。お医者を呼んで下さい」

大助は告げた。

同心は、倒れている羽織を着た中年の男の様子を見た。

「鶴吉《つるきち》、医者に運べ」

同心は、中年の岡っ引に命じた。

「はい。誰か戸板だ。手を貸してくれ」

鶴吉と呼ばれた岡っ引は、見守っている者たちに怒鳴った。

木戸番と自身番の番人が戸板を持って駆け付け、下っ引と倒れている羽織を着た中年の男を乗せて運んで行った。

良かった……。

大助は、吐息を洩らした。

「で、お前さんが刺したのかい……」

同心は、大助を厳しく見据えた。

「違う。俺は偶々、通り掛かっただけだ……」

大助は苦笑した。

「名前は……」

同心は、大助を前髪立てと侮ったようだ。

「秋山大助だ……」

大助は、同心の侮りを感じた。

「秋山大助……」

同心は眉をひそめた。

「うむ。おぬしの名は……」

大助は訊き返した。

「北町奉行所の倉本新兵衛《くらもとしんべえ》。詳しい話を聞かせて貰う。自身番に来い」

「自身番だと。俺は云ったように通り掛かっただけだ……」

大助は苛立った。

「黙れ。鶴吉、引き立てろ……」

同心の倉本は、岡っ引の鶴吉に大助を引き立てろと命じた。

「はい。さあ……」

鶴吉は、大助の肩を十手の先で押した。

「無礼者……」

大助は怒鳴り、鶴吉の腕を取って素早く投げを打った。

岡っ引の鶴吉は、宙を舞って地面に叩き付けられた。

「おのれ、何をする」

倉本は、大助に十手で殴り掛かった。

「それは、こっちの台詞《せりふ》だ……」

大助は、倉本の十手を躱して向う脛《ずね》を蹴り飛ばした。

倉本は、悲鳴を上げて倒れ、蹴られた向う脛を抱えて呻いた。

「俺は只の通り掛かりだ……」

大助は、倉本に言い残して高札場から立ち去った。

八丁堀岡崎町の秋山屋敷は、太市が表門の前の掃除をしていた。

大助が、南茅場町《みなみかやばちょう》に続く往来を帰って来た。

「やあ。大助さま……」

太市は迎えた。

「太市さん、只今、戻りました」

「お帰りなさい……」

「太市さん、北町奉行所の倉本新兵衛って同心、知っていますか……」

大助は尋ねた。

「北町の倉本新兵衛さま……」

「うん……」

「さあて、名前は聞いた事がありますが、どんな人かは……」

太市は首を捻った。

「知りませんか……」

「ええ。その倉本新兵衛さま、どうかしたんですか……」

太市は、怪訝な眼を向けた。

「いえ、ちょいと名前を聞いたものだから……」

大助は、言葉を濁した。

「そうですか。与平《よへい》さんがお待ちですよ」

太市は、屋敷内を示した。

「うん。じゃあ……」

大助は、屋敷に入って行った。

「やあ。与平の爺ちゃん、只今戻りました」

大助は、耳の遠くなった与平に大声で告げた。

「こりゃあ大助さま、お帰りなさい……」

大助と与平は、前庭で大声で遣り取りを始めた。

太市は苦笑した。


夕暮れ時。

南町奉行所定町廻り同心の神崎和馬は、岡っ引の柳橋の幸吉や下っ引の勇次と市中見廻りを終えて船宿『笹舟』に戻り、茶を飲んでいた。

「見廻り、御苦労さまでした……」

雲海坊が現れた。

「おう。雲海坊、今日の稼ぎはどうだった」

和馬は笑い掛けた。

「まあまあですか。世の中、金の廻りは余り悪くはないようですぜ」

雲海坊は、世間の景気を読んだ。

「そうか……」

「それより和馬の旦那。今日、日本橋の高札場で富次郎《とみじろう》って借金の取立屋が何者かに刺され、医者に担ぎ込まれましたが、手遅れで死んだそうでしてね」

雲海坊は報せた。

「ほう。そんな事があったのか……」

「ええ。で、北町の倉本新兵衛の旦那と岡っ引の三河町の鶴吉が駆け付け……」

「北町の倉本新兵衛と鶴吉……」

和馬は苦笑した。

「倒れている富次郎の傍にいた前髪立ての若侍を引き立てようとして、偶々居合わせただけだと叩きのめされたとか……」

雲海坊は、嘲りを浮かべた。

「それはそれは。で、その前髪立て、何処の誰だ……」

「そいつが、秋山大助と名乗ったそうでしてね」

雲海坊は苦笑した。

「秋山大助……」

和馬は眉をひそめた。

「ええ。で、高札場近くの店の者に訊いた処、前髪立ての秋山大助の人相風体、どうやら大助さまに間違いないかと……」

雲海坊は告げた。

「やはりな……」

和馬は頷いた。

「雲海坊、倉本の旦那と三河町の鶴吉、大助さまが秋山さまの御子息だと知らないのか……」

幸吉は眉をひそめた。

「おそらくな。知っていりゃあ、手配をしたりしない筈だ……」

雲海坊は読んだ。

「偉そうに十手を振り翳す倉本だ。きっと無礼な真似をして、大助さまを怒らせたのだろう……」

和馬は読んだ。

「ええ。で、どうします」

幸吉は、和馬の出方を窺った。

「よし。秋山さまには俺が報せる。柳橋の皆は、殺された取立屋の富次郎の身辺と高札場の様子をな……」

和馬は命じ、茶を飲み干した。


秋山屋敷は、主の久蔵が南町奉行所から帰り、夕餉《ゆうげ》の時を迎えていた。

久蔵、香織《かおり》、大助、小春《こはる》の主一家と、与平、太市、おふみの奉公人は、穏やかな笑い声を交えながら夕餉を終えた。

「よし。大助、太市、俺の部屋に参れ……」

久蔵は、大助と太市に告げて自室に引き取った。

「ええっ……」

大助は、日本橋の高札場の一件を思い浮かべた。

「兄上、何をしたんですか……」

小春は、大助を冷ややかに一瞥した。

「な、何もしちゃあいない……」

大助は狼狽えた。

「何もしない兄上を、父上がお呼びになる筈はありません」

小春は、自信を持って断言した。

「小春、お前なあ……」

大助は腐った。

「大助、何事も正直にね……」

香織が告げた。

「は、はい……」

「太市、宜しくお願いしますよ」

「はい……」

太市は頷いた。

「大助さま、お夜食はお部屋に運んでおきますよ」

おふみは、励ますように告げた。

「お願いします。おふみさん……」

大助は、思わず笑った。

「大助さまは賢い良い子です。うん……」

与平は、笑顔で己の言葉に頷いた。

燭台の明かりは、久蔵と向かい合った大助の緊張した横顔を照らした。

太市は、大助の背後に控えた。

「大助、今日、日本橋の高札場で何があった」

久蔵は、静かに切り出した。

「は、はい。学問所の帰り、高札場で羽織を着た中年の男が何者かに刺された処に偶々行き遭わせました」

大助は告げた。

「うむ。して、如何致した……」

「はい。その生死を確かめていたら、北町奉行所の同心と岡っ引が駆け付け、刺された中年の男を医者に運び、傍にいた私が刺したと決め付け、引き立てようとしたので……」

「投げ飛ばして立ち去って来たか……」

「はい。余りの無礼に腹が立ち……」

「大助、今の話に間違いはないな」

久蔵は、大助を見据えた。

「はい。間違いありません」

大助は、必死に久蔵を見返した。

「よし。ならば、お前が偶々行き遭わせたと云う事を証明出来るか……」

「証明ですか……」

「うむ。出来るか……」

「そう云えば、高札場で騒ぎが起き、居合わせた人々が慌てて散り、道端に立ち止まった私にぶつかりそうになった女がいます。その女なら私が道端にいたと……」

「どんな女だ……」

「どんなって、粋な形をした年増ですか……」

「粋な形をした年増……」

久蔵は苦笑した。

「はい。その粋な形をした年増なら私が道端にいたと……」

「証明出来るか……」

「きっと……」

大助は頷いた。

「よし。大助、明日からその粋な形の年増を捜せ……」

「粋な形の年増を捜す……」

大助は眉をひそめた。

「うむ。太市、済まぬが、大助に付き合ってやってくれ」

「心得ましたが……」

太市は、戸惑いを浮かべた。

「うむ。大助に投げ飛ばされた北町の倉本新兵衛と云う同心が、秋山大助と名乗った前髪立ての若侍を手配りしてな」

「そんな……」

大助は驚き、焦った。

「こうなれば大助。己の身の潔白は、己で証明するしかない。その為には、粋な形の年増を捜して証言して貰うか、羽織を着た中年の男を刺した者を捕えるかだ。良いな……」

「はい……」

大助は頷いた。

「太市、此の一件、私が動けばいろいろ面倒が起こるかもしれぬ。和馬や柳橋と宜しく頼む……」

久蔵は、太市に頼んだ。

「はい。確《しか》と心得ました」

太市は頷いた。

「うむ……」

久蔵は、小さな笑みを浮かべた。

燭台の火は、油が切れ掛かったのか音を鳴らして瞬いた。


日本橋の高札場は、人が刺されたのにも拘わらず賑わっていた。

幸吉と新八は、前日も高札場にいた者を捜し、聞き込みを掛けた。だが、取立屋の富次郎が刺された処を見た者はいなかった。

「駄目ですねえ……」

新八は眉をひそめた。

「ああ。此れ程、人がいても他人の事は余り気にしちゃあいないか……」

幸吉は、高札場を行き交う人々を眺めた。

「何してんだい。柳橋の……」

三河町の鶴吉が下っ引を従えて来た。

「やあ。三河町の……」

「富次郎殺しは、北町の倉本の旦那の事件だ。余計な真似はするんじゃあねえ」

「だったら、さっさと殺った奴をお縄にするんだな」

幸吉は苦笑した。

「云われる迄もねえ。殺ったのは秋山大助って若侍だ。見付け次第、お縄にするぜ。じゃあな。行くぞ……」

鶴吉は、下っ引を従えて立ち去った。

幸吉は見送り、通りを挟んである茶店の二階を見上げた。

二階の窓辺には大助と太市がおり、高札場を見張っていた。

二

粋な形の年増は、再び高札場に現れる……。

大助と太市は睨み、茶店の二階を借りて高札場に粋な形の年増が現れるのを待っていた。

「どうですか……」

幸吉が、茶店の二階に上がって来た。

「中々現れませんね……」

大助は、微かな苛立ちを過ぎらせた。

「張り込みに苛立ちは禁物、気長にやるしかありませんよ」

幸吉は苦笑した。

「はい……」

大助は頷いた。

「で、親分の方は……」

太市は尋ねた。

「うん。一日中、高札場で商売をしている易者や托鉢坊主に訊いても、殺しを見た者はいなくてねえ……」

幸吉は眉をひそめた。

「そうですか……」

太市は頷いた。

「ま。殺されたのが、取立屋の富次郎となれば、恨みを買っているのに間違いはない。今、雲海坊や勇次たちが富次郎を殺したい程、恨んでいる奴を捜しているが、大勢いて中々見付からないだろうな……」

幸吉は、窓から高札場を見下ろした。

高札場の人混みでは、新八が聞き込みを続けていた。


殺された取立屋の富次郎は、浜町堀《はまちようぼり》は元浜町の裏長屋に一人で住んでおり、高利貸しに頼まれては取立て仕事をしていた。

その取立ては情け容赦がなくて執拗であり、遊郭に身売りさせられた女房や娘、首吊りや身投げをした亭主もいた。

「恨んでいる者は、数知れずだな……」

雲海坊は呆れた。

「ええ。ま、人の良い取立屋なんて滅多にいませんが、富次郎は酷過ぎますね」

勇次は苦笑した。

「取立てを受けた殆《ほとん》どの人に恨まれているなんて、とんでもない外道ですよ」

清吉は吐き棄てた。

「ああ。で、勇次。富次郎は何処の高利貸しに頼まれての取立てが多いのかな……」

雲海坊は尋ねた。

「そいつが、どうも谷中は妙恩寺《みょうおんじ》の高利貸しに頼まれての取立てが多いようですぜ」

勇次は眉をひそめた。

「谷中の妙恩寺の高利貸しって……」

雲海坊は眉をひそめた。

「ええ。きっと寺の坊主ですよ……」

勇次は読んだ。

「妙恩寺の何て坊主だ」

「そいつは此れからです」

「よし。行ってみよう」

「はい……」

雲海坊、勇次、清吉は、谷中妙恩寺に急いだ。

日本橋の高札場の賑わいは続いていた。

大助と太市は、茶店の二階から粋な形の年増が現れるのを待ち続けていた。

「あっ、太市さん……」

窓から高札場を見張っていた大助が、太市を呼んだ。

「現れましたか……」

太市は、素早く窓辺の大助の傍に寄った。

「通りを来る青い着物の女……」

大助は、日本橋通南一丁目の方から来る青い着物を着た年増を示した。

「粋な形の年増ですか……」

太市は眉をひそめた。

「ええ。きっと……」

大助は、確信がないのか不安を過ぎらせた。

青い着物を着た年増は、高札場を一瞥して日本橋に向かった。

「とにかく、訊いてみましょう」

「ええ……」

太市と大助は、茶店の二階から駆け下りた。

茶店の前は日本橋への通りであり、その奥に高札場がある。

太市と大助は、茶店から現れて日本橋を見た。

青い着物を着た年増は、日本橋を行き交う人々の陰に隠れた。

「大助さま……」

太市と大助は、青い着物を着た年増を追って日本橋に走った。


日本橋を渡ると室町一丁目だ。

太市と大助は、日本橋を駆け下りた。

青い着物を着た年増は、室町の通りを神田八つ小路に急いでいた。

「太市さん、追い掛けて呼び止めます」

大助は、走り出そうとした。

「待って下さい、大助さま……」

「えっ……」

「何か気になります。ちょいと後を追ってみましょう」

太市は、人混みを行く青い着物を着た年増の後ろ姿を見ながら告げた。

「は、はい……」

大助は、戸惑いながら頷いた。

「じゃあ……」

太市と大助は、青い着物を着た年増を追った。


妙恩寺は上野山内の北、谷中の寺町の外れにあった。

雲海坊、勇次、清吉は、妙恩寺に就いて周囲の寺の小坊主や寺男、出入りの商人たちに聞き込みを掛けた。

妙恩寺の住職は浄雲《じょううん》、初老の肥った坊主であり、用心棒代わりの相撲取り崩れの寺男茂平《もへい》と二人で暮らしていた。

「冬でも汗を掻いているような肥った坊主で、檀家の割りには裕福な暮らしをしていると専《もっぱ》らの噂ですよ」

清吉は告げた。

「高利貸しをしているのを承知の癖に、鼻薬を嗅がされているようだな」

雲海坊は読んだ。

「ええ。それから浄雲、不忍池の畔に若い妾を囲っているそうですよ」

勇次は苦笑した。

「高利貸しで金を貯め込み、妾を抱える。本物の坊主の癖に偽坊主の俺より生臭で下世話な野郎だな……」

雲海坊は呆れた。

「ええ。じゃあ、あっしと清吉が面を拝んで来ます」

「うん。俺は周囲の聞き込みを続けるよ」

「はい。じゃあ……」

勇次は、清吉を促して妙恩寺の山門を潜り、庫裏に向かった。

妙恩寺住職の浄雲は、肥った身体を囲炉裏端に下ろした。

鉄瓶《てつびん》を掛けた囲炉裏の火が揺れた。

「拙僧が妙恩寺住職の浄雲だが何用かな……」

浄雲は、脂ぎった顔を土間に佇む勇次と清吉に向けた。

「はい。他でもありませんが、浜町堀は元浜町に住む富次郎と云う者を御存知ですね」

勇次は尋ねた。

「う、うん。富次郎がどうかしたかな……」

浄雲は深入りせず、軽く聞き流そうとした。

「ええ。昨日、日本橋の高札場で何者かに刺し殺されましてね」

勇次は、浄雲を見据えて告げた。

「さ、刺し殺された……」

浄雲は仰天した。

「はい……」

「そんな……」

浄雲は、嗄れ声を引き攣らせた。

「それで、お伺いしたいのですが、富次郎さんを恨んでいた者は御存知ありませんか……」

「知らぬ。富次郎を恨んでいた者など、儂は知らぬ……」

浄雲は、激しく震え出した。

「浄雲さま、富次郎との拘わりは……」

勇次は訊いた。

「そこにいる寺男の茂平の口利きで、寺の雑用を引き受けて貰っているだけだ」

浄雲は、必死に震えを堪えようとした。

「ほう。寺の雑用ですか……」

勇次は笑った。

「ああ。それだけだ。ではな……」

浄雲は、囲炉裏端から立ち去ろうとした。

「あっ、寺の雑用ってのは……」

勇次は、追い掛けようとした。

「此れ迄ですぜ、兄い……」

寺男の茂平は、大きな身体で勇次と清吉を遮った。

「茂平の野郎……」

清吉は、腹立たし気に妙恩寺の山門を睨み付けた。

「そうか。浄雲の奴、惚《とぼ》けながらも派手に怯えたかい……」

雲海坊は苦笑した。

「ええ。ありゃあ、きっと富次郎の次は自分かと、震えあがったってやつですぜ」

勇次は睨んだ。

「勇次の兄貴、雲海坊さん……」

清吉が、妙恩寺の山門を示した。

肥った浄雲が頭巾を被り、寺男の茂平を従えて山門から出て来た。

「浄雲と寺男の茂平です」

清吉は告げた。

「頭巾を被っても、あの身体じゃあな」

雲海坊は嘲笑した。

「何処に行くのか、追ってみますか……」

勇次は、足早に行く浄雲と茂平を見詰めた。

「ああ。お前たちは面が割れている。俺が先に行くよ」

雲海坊は饅頭笠《まんじゆうがさ》を被り、浄雲と茂平を追った。

勇次と清吉は続いた。


不忍池の畔に木洩れ日が揺れた。

青い着物を着た年増は、不忍池の畔を足早に進んだ。

太市と大助は尾行た。

年増は、不忍池の畔を足早に進み、町家の連なりに曲がった。そして、板塀に囲まれた仕舞屋《しもたや》の前に立ち止まった。

太市と大助は、物陰から見守った。

年増は、板塀の木戸門の前に佇み、仕舞屋を窺っていた。

「仕舞屋の様子を窺っていますね」

大助は、年増の動きを読んだ。

「ええ。誰の家なのか……」

太市は眉をひそめた。

年増は、反対側の路地に入って板塀に囲まれた仕舞屋を見張り始めた。

「俺、自身番で訊いて来ますか……」

「いえ。自身番にはあっしが行きます。大助さまは年増の見張りをお願いします」

太市は頼んだ。

「心得ました」

大助は頷き、路地から仕舞屋を見張る年増を見守った。

「妾のおきち……」

太市は眉をひそめた。

「ええ。婆やさんと二人暮らしですよ」

自身番の店番は告げた。

「旦那は何処の誰ですかい……」

太市は、自分が南町奉行所吟味方与力の秋山久蔵の手の者だと告げて聞き込んでいた。

「そいつが、此処だけの話ですが、谷中は妙恩寺の御住職……」

自身番は囁いた。

「妙恩寺の住職って、妾のおきちの旦那は寺の坊主なんですか……」

太市は驚いた。

「ええ……」

「谷中妙恩寺の御住職ってのは……」

「浄雲って和尚さまですよ」

「浄雲……」

太市は知った。

青い着物を着た年増は、谷中妙恩寺住職浄雲の妾のおきちに何用があるのだ……。

太市は戸惑った。


頭巾を被った浄雲と寺男の茂平は、不忍池の畔を足早に進んだ。

雲海坊、勇次、清吉は、慎重に尾行た。

浄雲と茂平は、町家の連なりに曲がった。


誰だ……。

大助は、不忍池の畔から町家の連なりに曲がって来た頭巾を被った肥った男と大柄な下男に気が付いた。

頭巾を被った肥った男と大柄な下男は、板塀を廻した仕舞屋に進んだ。

大助は見守った。

不忍池の畔から饅頭笠を被った托鉢坊主が現れた。

雲海坊さん……。

大助は、追って現れた托鉢坊主が雲海坊だと気が付いて戸惑った。

刹那、男の悲鳴が上がった。

板塀の廻された仕舞屋の前で、青い着物を着た年増が頭巾を被った肥った男に抱き着き、大柄な下男が腰を抜かして跪いていた。

何だ……。

大助は、不意の出来事に困惑した。

次の瞬間、青い着物を着た年増は、後退りして身を翻した。

その手には、血に濡れた匕首が握られていた。

頭巾を被った肥った男は、脇腹を血に染めて倒れ込んだ。

「お、和尚さま、浄雲さま……」

大柄の下男は狼狽えた。

「お、おのれ……」

大助は迷った。

刺された頭巾を被った肥った男を介抱するか、刺した青い着物を着た年増を追うか……。

迷いは短かった。

大柄の下男がいる……。

大助は、青い着物を着た年増を追った。

「どうした……」

雲海坊は、倒れた頭巾を被った浄雲を介抱している下男の茂平に駆け寄った。

「刺されました。青い着物の女に刺されました……」

茂平は、恐怖に嗄れ声を引き攣らせた。

勇次と清吉が駆け寄って来た。

「どうしました」

勇次は叫んだ。

「青い着物の女が浄雲を刺した……」

雲海坊は、青い着物を着た年増の駆け去った方を示した。

「清吉……」

勇次と清吉は追った。

雲海坊は、気を失っている浄雲の傷を見た。

傷はかなりの深手だった。

仕舞屋から出て来た若い女と婆やが、血を流して倒れている浄雲を見て悲鳴を上げた。

青い着物を着た年増は、町家の裏路地伝いに小走りに逃げた。

大助は追った。

三

青い着物を着た年増は、裏路地から裏通りに出た。そして、傍にあった甘味処に入った。

大助は見届けた。

どうする……。

大助は、甘味処に踏み込んで身柄を押さえるかどうか迷った。

勇次と清吉が、裏路地から追って現れた。

「あっ。勇次さん、清吉さん……」

大助は、安堵を浮かべて勇次と清吉に近寄った。

「大助さま……」

勇次と清吉は、戸惑いを浮かべた。

「青い着物を着た年増が頭巾を被った肥った男を刺して、此の甘味処に……」

大助は報せた。

「えっ。清吉、裏に廻れ……」

「はい……」

清吉は、甘味処の裏に急いだ。

勇次は、甘味処に入った。

大助は続いた。

「いらっしゃいませ……」

老婆が、勇次と大助を迎えた。

勇次と大助は、店内に青い着物を着た年増を捜した。だが、青い着物を着た年増はいなかった。

「婆さん、青い着物を着た年増はどうした」

勇次は、懐の十手を見せた。

「ああ。悪い奴に追われているって、心付けを置いて裏から出て行ったよ」

婆さんは笑った。

「勇次さん……」

「ええ。どうやら籠脱けで逃げられたようです」

勇次は、悔し気に告げた。

「籠脱けですか……」

大助は眉をひそめた。


太市は、自身番から板塀の廻された仕舞屋に急いでいた。

青い着物を着た年増が裏通りから現れ、足早に擦れ違って行った。

あれ……。

太市は、青い着物を着た年増の背後や周囲を窺った。

青い着物を着た年増の背後や周囲には、見張っている筈の大助の姿はなかった。

何かがあって撒かれたかもしれない。

よし……。

太市は、青い着物を着た年増を追った。

大助、勇次、清吉は、甘味処の周辺に青い着物を着た年増を捜した。だが、青い着物を着た年増は見付からなかった。

勇次と清吉は、不忍池の畔にある板塀を廻した仕舞屋に戻った。

太市さんが戻っているかもしれない……。

大助は、勇次や清吉に続いた。


板塀を廻した仕舞屋には、町医者が駆け付けて浄雲の傷の手当てをしていた。

浄雲の傍には若い妾がおり、茂平と婆やは台所で湯を沸かしていた。

「そうか、逃げられたか……」

雲海坊は眉をひそめた。

「ええ。まんまと籠脱けされましたよ」

勇次は、悔し気に告げた。

「ま、仕方があるまい」

「で、浄雲は……」

「かなりの深手だ。助かるかどうか、未だ何とも云えない……」

雲海坊は告げた。

「そうですか……」

「それで、大助さまは……」

雲海坊は、大助に尋ねた。

「太市さんと日本橋の高札場で粋な形の年増を捜していたら、青い着物の年増が現れましてね。で、後を尾行たら此処に来て……」

「太市は……」

「此の家が誰のものか自身番に訊きに行ったままで……」

大助は、戸惑いを浮かべた。

「戻りませんか……」

「ええ……」

大助は頷いた。

「雲海坊さん……」

「うん。浄雲には俺が張り付く。勇次たちは此の事を親分と和馬の旦那に報せるんだな」

「承知……」

勇次は頷いた。

「大助さま、太市はおそらく青い着物を着た年増を追っています。勇次と一緒に戻ると良いですよ」

雲海坊は、大助に笑い掛けた。

青い着物を着た年増は、明神下の通りから神田川に架かっている昌平橋を渡り、神田八つ小路を抜けて須田町の道筋に進んだ。

太市は尾行た。

青い着物を着た年増は、日本橋に向かって足早に進んだ。

太市は追った。

青い着物の年増は、板塀を廻した仕舞屋で何をしたのだ……。

大助さまはどうしたのだ……。

太市は、様々な想いを巡らせながら青い着物の年増を尾行た。

青い着物の年増は、日本橋を渡って高札場の傍を抜け、尚も進んだ。

太市は尾行た。

「何、殺された富次郎に取立てを頼んでいた高利貸しが刺されただと……」

和馬は眉をひそめた。

「はい。高利貸しは、谷中は妙恩寺の住職の浄雲和尚です」

勇次は報せた。

「何、高利貸しってのは、坊主か……」

和馬は苦笑した。

「はい。で、不忍池の畔にある若い妾の家の前で青い着物を着た年増に刺されました」

「妾の家の前でか……」

「はい。で、今の処、助かるかどうかは未だ分からないそうです」

勇次は、医者の診立てを告げた。

「そうか。して、刺した青い着物の年増ってのは……」

「そいつが、追ったのですが、逃げられてしまいました」

「逃げられたか……」

「はい。ですが、雲海坊さんの見立てじゃあ、太市さんが追っているかも……」

勇次は告げた。

「太市が……」

和馬は、戸惑いを浮かべた。

日本橋通りを進んだ青い着物の年増は、京橋を渡って新両替町一丁目を東に曲がり、三十間堀に架かっている紀伊国橋を渡った。

太市は尾行た。

青い着物の年増は、木挽町《こびきちょう》一丁目に進んで裏通りに入った。そして、瀬戸物屋の角を路地に曲がった。

太市は、路地の入口に駆け寄った。

青い着物の年増は、路地の奥の小さな家に入った。

太市は見届けた。

そして、安堵の吐息を洩らして辺りを見廻した。

老婆が店番をする小さな煙草屋が、路地の斜向かいにあった。

太市は、小さな煙草屋に赴いて刻み煙草の国分《こくぶ》の小袋を買い、店先の縁台に腰掛けて煙草を燻らせながら路地を見張った。

「出涸らしだけど、飲むかい……」

老婆が、太市に茶を差し出した。

「此奴はありがたい。頂きます」

太市は、礼を云って出涸らし茶を啜った。

「美味い……」

出涸らし茶は、確かに出涸らしだったが美味かった。

「へえ。美味いかい……」

「ええ……」

「そいつは良かった……」

老婆は、顔の皺を深く刻み、歯のない口元を綻《ほころ》ばせた。

暫く見張り、動かないようであれば、自身番で青い着物の年増の名と素姓を洗う。

太市は、そう決めて斜向かいの路地を見張った。

「良い女だろう……」

婆さんは、太市に笑い掛けた。

「えっ……」

「兄さん、おそめさんを追って来ただろう」

婆さんは苦笑した。

「おそめ……」

太市は眉をひそめた。

「ああ。青い小紋の着物を着た年増だよ」

「ああ。婆さん、見ていたのか……」

「目と鼻の先だ。嫌でも見えるよ」

婆さんは、楽しそうに笑った。

「そうか。で、あの青い着物の年増、おそめさんって名前か……」

太市は知った。

「ああ。粋な良い女なんで、つい後を追って来ちまったかい……」

「まあね……」

太市は、婆さんの話に乗った。

「兄さん、見かけによらず女好きだね」

婆さんは、太市に笑い掛けた。

「う、うん。まあな。で、おそめさん、生業《なりわい》はなんだい……」

「昔は芸者だったって話だけど、今は呉服屋や骨董商に頼まれて、誂《あつら》えの飾結び作りをしているそうだよ」

「誂えの飾結び作りねえ……」

「ああ……」

婆さんは頷いた。

飾結び作りを生業にしているおそめ……。

太市は、粋な形の年増、青い着物を着た年増の名を知った。

「で、婆さん、おそめさん、情夫《おとこ》はいるのかな……」

「さあて、そこ迄は良く分からないけど……」

婆さんは、薄く笑った。

「いない訳はないか……」

太市は、婆さんの薄い笑いを読んだ。

「ああ、時々、背の高い着流しの浪人がうろうろしているよ」

「背の高い浪人……」

太市は眉をひそめた。

青い着物を着た年増のおそめが、路地奥の小さな家から出て来る気配はなかった。

木挽町から八丁堀岡崎町は遠くはない。

大助は、おそめを見失って屋敷に戻ったのかもしれない……。

太市は、西日の映える八丁堀沿いの道を岡崎町の秋山屋敷に急いだ。


秋山屋敷では、大助と勇次が太市の帰りを待っていた。

「太市さん……」

大助は、太市に縋る眼差しを向けた。

「やあ。大助さま、どうしたんですか……」

太市は、大助に怪訝な眼を向けた。

「太市さん、あれから青い着物の年増、妾の旦那の浄雲って高利貸しの坊主を刺したんですよ……」

大助は、緊張に声を微かに震わせた。

「浄雲って高利貸しの坊主を刺した……」

太市は驚いた。

「はい。それで……」

大助は、逃げた青い着物の年増を追った事を告げた。

「で、あっしと清吉も追い掛けましたが、籠脱けされて、まんまと逃げられまし
てね」

勇次は、腹立たし気に報せた。

「で、太市さんは……」

「そうだったのか……」

大助は尋ねた。

「自身番から戻る時、青い着物の年増と擦れ違って、あれ、と思ってね。訳も分
からず、とにかく尾行て……」

太市は、事の次第を話した。

「で、青い着物の年増は、木挽町の裏通りにある瀬戸物屋の横の路地の奥の家に
入ってね。名前はおそめ……」

太市は告げた。

「おそめ……」

大助は緊張した。

「おそめですか……」

勇次は念を押した。

「うん。芸者あがりで、今は呉服屋や骨董商の注文で誂えの飾結び作りを生業にしているそうだ」

太市は報せた。

「分かりました。親分に報せて直ぐに手配りをします」

勇次は、秋山屋敷から駆け出そうとした。

「ああ。それから、おそめには背の高い浪人の情夫《おとこ》がいるかもしれないって、路地の斜向かいの煙草屋の婆さんが、云っていたよ……」

太市は苦笑した。

「斜向かいの煙草屋の婆さんですか……」

「ああ……」

「分かりました。じゃあ……」

勇次は、太市と大助に会釈をして屋敷から駆け出して行った。

「太市さん、こうなると取立屋の富次郎を刺したのも粋な形の年増のおそめですかね……」

大助は眉をひそめた。

「ええ。おそめが富次郎に取立てを頼んでいた高利貸しの浄雲を刺したとなると、そうみても良いでしょうね」

太市は頷いた。

「でも、おそめはどうして……」

大助は首を捻った。

「そいつは、旦那さまたちが突き止めるでしょう。大助さまは粋な形の年増を見付けて立派に濡れ衣を晴らした。御苦労さまでした」

太市は微笑んだ。

「は、はい……」

大助は、釈然としない面持ちで頷いた。

「おう。今、帰った」

久蔵が、潜り戸から入って来た。

「これは旦那さま……」

「父上、お帰りなさい」

太市と大助は、帰って来た久蔵を慌てて迎えた。

「うむ。太市、大助。和馬から聞いたが、いろいろあったようだな。仔細を話して貰おう……」
久蔵は命じた。
勇次は、木挽町の裏通りの路地奥にあるおそめの住む小さな家に駆け付けた。
路地奥の井戸端では、青い着物の年増が野菜を洗って家に入って行った。
おそめだ……。
勇次は見定め、木戸番に柳橋の船宿『笹舟』に報せるように頼み、見張りに就いた。
日が暮れ、路地奥のおそめの家には明かりが灯された。
大助と太市は、久蔵に事の顚末《てんまつ》を詳しく話した。
「そうか、良く分かった。御苦労だったな」
久蔵は、太市と大助を労った。
「はい……」
太市と大助は、安堵を浮かべた。
「おそめが高利貸しの浄雲を刺したとなると、取立屋の富次郎を刺し殺したのは、おそめと見て良いだろう」

　久蔵は読んだ。

「はい……」

　太市は頷いた。

「大助、どうやら粋な形の年増、おそめの証言を俟《ま》つ迄もなく、濡れ衣は晴れたようだな」

「はい。御造作をお掛け致しました」

「うむ。礼は太市や柳橋の皆に云うんだな」

「はい……」

　大助は頷いた。

「それにしても旦那さま。おそめの所業、浄雲から金を借り、富次郎の厳しい取立てに耐え切れずにやった事なんですかね」

　太市は首を捻った。

「ま、一番考えられるのはそんな処だが、おそらく他にも理由はあるのかもしれぬ」

　久蔵は、厳しい面持ちで睨んだ。

勇次は、路地奥のおそめの家を見張り続けていた。

幸吉は、勇次の報せを受けて新八と清吉を従えて木挽町に駆け付けて来た。

勇次は、明かりの灯されているおそめの家を示しながら、事の顚末を報せた。

「そうか。よし、富次郎殺しと浄雲襲撃、おそめに命じた者がいるかどうか見定める為に暫く泳がせる。新八と清吉は裏に廻れ……」

幸吉は命じた。

「はい……」

新八と清吉は、おそめの家の裏手に走った。

「さあて、鬼が出るか蛇が出るか、それとも何も出ないか……」

幸吉は苦笑した。

「それにしても親分、北町奉行所の倉本新兵衛の旦那と三河町の鶴吉親分、高利貸しの浄雲が襲われたのを知っているんですかね」

勇次は、探索に現れない倉本と鶴吉に首を捻った。

西本願寺は、夜空に鐘の音を鳴り響かせ始めた。

戌《いぬ》の刻五つ(午後八時)になった。

四

夜は更けた。
西本願寺の鐘は、亥の刻四つ（午後十時）を報せた。
幸吉、勇次、新八、清吉は、おそめの家を見張り続けた。
おそめの家には、小さな明かりが灯されていた。
飾結びを作っているのか……。
幸吉、勇次、新八、清吉は見張った。
三十間堀に架かっている紀伊国橋の方から黒い人影がやって来た。
「勇次……」
「はい……」
幸吉と勇次は、物陰に身を潜めて見守った。
黒い人影は、十徳《じっとく》を着た初老の男だった。
おそめの情夫《おとこ》……。
幸吉と勇次は、十徳を着た初老の男を見守った。

十徳を着た初老の男は、瀬戸物屋の傍の路地に曲がった。そして、路地の奥にあるおそめの家に進んだ。

幸吉と勇次は見守った。

十徳を着た初老の男は、おそめの家の腰高障子を小さく叩いた。

僅かな刻が過ぎ、おそめが腰高障子を開けて顔を見せた。

十徳を着た初老の男は、素早く家の中に入った。

おそめは、辺りに不審な者がいないのを見定めて腰高障子を閉めた。

「親分……」

「うん……」

勇次と幸吉は、足音を忍ばせておそめの家に近寄った。

勇次と幸吉は、おそめの家の横手の小さな庭に忍び込み、閉められている雨戸に耳を寄せた。

「それで、浄雲は助かったんですか……」

おそめの声が雨戸越しに聞こえた。

「未だ死んだとは聞いておらぬが、刻が片を付けるだろう……」

十徳を着た初老の男の声がした。

幸吉と勇次は、聞き耳を立てた。

「それなら良いですが……」

おそめは、悔し気に顔を歪めた。

「うむ。で、暫くは大人しくしているのだな」

十徳を着た初老の男は、笑みを含んだ声で告げた。

「萬斎《まんさい》の旦那、浄雲と富次郎に泣かされた人の偶々の依頼、それに乗じて恨みを晴らせたなんて、ありがたい話。仰る迄もありません」

おそめは苦笑した。

「ならば……」

萬斎の旦那と呼ばれた十徳を着た初老の男は、懐から袱紗《ふくさ》に包んだ切り餅一つをおそめに差し出した。

「確かに……」

おそめは、袱紗に包んだ切り餅一つを手に取り、艶然《えんぜん》と微笑んだ。

幸吉と勇次は、おそめの家の庭先から路地の入口に駆け戻った。

おそめの家の腰高障子が開き、萬斎が出て来た。

「ならば……」

「お気を付けて……」

萬斎は、笑みを浮かべて路地の入口に向かった。

「おそめもな。では……」

おそめは、辺りを窺って腰高障子を閉めた。

萬斎は、路地から出て三十間堀に架かっている紀伊国橋に向かった。

「じゃあ、親分……」

勇次は、暗がり伝いに萬斎を尾行した。

幸吉は見送った。

「親分……」

新八が、裏から駆け寄って来た。

「勇次が尾行た。新八も行きな」

幸吉は命じた。

「承知……」

新八は、勇次を追った。

幸吉は見送り、おそめの家の見張りに戻った。

おそめの家の明かりは灯されていた。


十徳を着た初老の萬斎は、三十間堀に架かっている紀伊国橋を渡って新両替町の通りに出て京橋に向かった。

初老にしては確かな足取りだ……。

勇次と新八は、暗がり伝いに尾行た。

萬斎は、京橋を渡って真っ直ぐ日本橋に進んだ。そして、日本橋を渡って室町三丁目に進み、浮世小路《うきよこうじ》に曲がった。

勇次と新八は走った。

萬斎は、浮世小路から西堀留川の堀留に進み、雲母橋《きらずばし》の袂に向かっていた。

勇次と新八は、再び慎重な尾行を続けた。

おそめの家の明かりが消えた。

寝るのか……。

幸吉は、物陰から見張り続けた。

「親分……」

清吉が、駆け寄って来た。

「どうした……」

「何か様子が変です」

清吉は首を捻った。

「変……」

幸吉は、戸惑いを浮かべた。

「はい。家の明かりが消えても、動き廻っているような気配がします」

清吉は、おそめの暗い家を振り返りながら告げた。

「何だと……」

幸吉は眉をひそめた。

おそめの家の腰高障子が僅かに開いた。

幸吉と清吉は、素早く物陰に隠れた。

僅かに開いた腰高障子からおそめが顔を出し、鋭い眼で辺りを窺った。

清吉は、喉を鳴らして見守った。

おそめは、辺りに不審はないと見定めて家から出て来た。

幸吉と清吉は見守った。

おそめは、風呂敷包みを抱えて出て来た。

出掛けるのか……。

幸吉は、厳しい面持ちで見守った。

おそめは、風呂敷包みを抱えて足早に路地から裏通りに進んだ。

「夜更けに何処に行くんですかね」

清吉は眉をひそめた。

「追うぞ」

幸吉は、物陰を出ておそめを追った。

「はい……」

清吉は続いた。

三十間堀の緩やかな流れに月影は揺れた。

おそめは、風呂敷包みを抱えて三十間堀に架かっている紀伊国橋を渡り、新両替町の通りに出た。

幸吉と清吉は追った。

新両替町の通りに人気はなかった。

おそめは、足早に新橋に向かった。

幸吉と清吉は、暗がり伝いにおそめを追った。


浜町堀に櫓の軋みが響いた。

萬斎は、浜町堀沿いの元浜町に入った。

勇次と新八は尾行た。

萬斎は、元浜町の片隅にある仕舞屋に入った。

勇次と新八は、仕舞屋に駆け寄った。

仕舞屋の戸口には、『萬《よろず》目利き致します』の看板が掛けられていた。

「萬目利きって、骨董の目利きですかね……」

新八は読んだ。

「きっとな。目利きの萬斎か……」

勇次は、明かりの灯された仕舞屋を眺めた。

おそめは、汐留川に架かっている新橋を渡って外濠に向かった。

幸吉と清吉は、慎重に尾行た。

おそめは、外濠幸橋御門前の久保町《くぼちょう》原から愛宕下大名小路に進み、田村小路に曲がった。

幸吉と清吉は、田村小路に足取りを速めた。

おそめは、田村小路から三斉小路に進んだ。そして、三斉小路に連なる旗本屋敷の一つに向かった。

幸吉と清吉は、暗がりに潜んで見守った。

旗本屋敷の表門脇の潜り戸が開き、おそめは素早く入り込んだ。

幸吉と清吉は見届けた。

「旗本屋敷ですか……」

清吉は眉をひそめた。

「ああ。逃げ隠れするには一番の場所だな」

幸吉は苦笑した。

おそめは、愛宕下三斉小路の旗本屋敷に隠れた……。

「して、その旗本屋敷の主は……」

和馬は眉をひそめた。

「小普請組の高柳平九郎《たかやなぎへいくろう》さま、百五十石取りの御家人でした」

幸吉は告げた。

「小普請の高柳平九郎か……」

久蔵は苦笑した。

「はい。高柳さまとおそめの拘わりは分りませんが、清吉と由松を遣って高柳屋敷の見張りに就けてます」

「うむ。して、おそめの家に現れた萬斎と云う男は何者なのだ」

「はい。萬斎は元浜町に住む骨董などの目利きだそうです」

「目利きの萬斎か……」

久蔵は眉をひそめた。

「はい。勇次と新八が見張りに就いています」

幸吉は頷いた。

「和馬、柳橋の。ひょっとしたら萬斎とおそめ、金で人殺しを請け負う始末屋かもしれぬな……」

「始末屋……」

和馬と幸吉は、厳しさを露わにした。

「うむ。始末屋の元締めの萬斎が何者かに高利貸しの浄雲と取立屋の富次郎殺しを頼まれ、配下のおそめに命じた……」

久蔵は睨んだ。

「で、おそめが富次郎を刺し殺し、浄雲に深手を負わせた……」

和馬は読んだ。

高利貸しの浄雲は、辛うじて命を取り留めていた。

「うむ。おそめを泳がせた甲斐があったな。よし、和馬、柳橋の。目利きの萬斎をお縄にしろ」

久蔵は命じた。

「心得ました」

和馬と幸吉は頷いた。

「私は高柳平九郎に逢ってみる……」

久蔵は、不敵な笑みを浮かべた。

浜町堀元浜町の仕舞屋は、訪れる者もいなく静けさに満ちていた。

勇次と新八は、物陰から見張っていた。

「勇次の兄貴……」

新八は、やって来る和馬と幸吉を示した。

「おう。変わりはないか……」

幸吉は尋ねた。

「はい……」

勇次と新八は頷いた。

和馬は告げた。

「よし。目利きの萬斎、お縄にするよ」

「勇次と新八は裏に廻ってくれ」

幸吉は命じた。

「承知……」

勇次と新八は、仕舞屋の裏に走った。

和馬と幸吉は、勇次と新八が裏に廻った頃合いを見計らい、仕舞屋に踏み込んだ。

老妻と一緒にいた目利きの萬斎は、驚きながらも潔く観念した。

「目利きの萬斎。お前が浄雲と富次郎殺しを金で請け負い、おそめに殺らせたのは分っている。頼んだのは何処の誰だ」

和馬は問い詰めた。

「旦那、手前がおそめさんに殺らせたのは認めますが、頼んだ方の事は口が裂けても申せません」

萬斎は小さく笑った。

「そうか。まあ、良い。そいつは大番屋でゆっくり聞かせて貰うよ」

和馬は苦笑した。

「それにしてもお役人。何故、手前どもが始末屋だと……」

「さあな。そいつは吟味方与力の秋山さまに訊くのだな……」

「秋山さま、剃刀久蔵さまですか……」

萬斎は、浮かべていた小さな笑みを消して顔を強張《こわば》らせた。

「ああ。秋山さまの見立てだ。逢うのを楽しみにしてるんだな」

和馬は笑った。

萬斎は、吐息を洩らして項垂れた。

勇次と新八が裏から現れ、萬斎に捕り縄を打った。


愛宕下三斉小路の高柳屋敷は、主の平九郎が老下男と二人で暮らしていた。

久蔵は、高柳屋敷を眺めた。

「秋山さま……」

由松と清吉が、物陰から駆け寄って来た。

「おう。平九郎って主はいるかな」

「はい。昨夜、おそめが入ってから誰も出入りはしていません」

清吉は告げた。

「そうか……」

「裏門を見張りますか……」

由松が尋ねた。

「いや。おそらくそれには及ぶまい……」

久蔵は苦笑した。

「分かりました……」

　由松は頷いた。


　久蔵は、高柳平九郎と座敷で向かい合った。

「南町奉行所の秋山久蔵さまが何用ですかな」

　高柳平九郎は、久蔵を見据えた。

「高柳どの、今、屋敷におそめなる女がおりますな……」

　久蔵は笑い掛けた。

「おそめなる女……」

「左様。如何《いか》なる拘わりですかな……」

「秋山さま、おそめは十五の歳、私の両親が健在の頃、屋敷に奉公に来ましてな……」

　平九郎は、吐息混じりに話し出した。

「で、私の幼馴染の飾職人善吉《ぜんきち》と惚れ合って所帯を持ったのだが、善吉が騙《かた》りに遭って身代を失い、高利貸しに金を借り、厳しい取立てに遭い、追い詰められた末に武士の持ち物を盗み取ろうとして斬られ……」

「死んだのか……」

「如何にも……」

平九郎は、悔し気に頷いた。

「して、亭主の善吉が金を借りた高利貸しとは……」

「浄雲と申す坊主の高利貸しです」

「浄雲。ならば、取立屋は……」

「富次郎と云う奴です」

平九郎は告げた。

久蔵は知った。

おそめは、亭主の善吉を死に追い込んだ高利貸しの浄雲と取立屋の富次郎を襲ったのだ。

恨みを晴らしたのか……。

久蔵は読んだ。

「秋山さま。娘のいなかった両親はおそめを我が子のように可愛がりましてね。父は小太刀の遣い方迄も教え、おそめも励んで父を喜ばせ、私には妹のようなものです。そいつが私とおそめの拘わりです」

平九郎は、久蔵を鋭く見据えた。

「良く分かった……」

久蔵は頷いた。

「して……」

平九郎は、微かな殺気を漂わせて久蔵の出方を窺った。

久蔵は見返した。

殺気を含んだ緊張が満ちた。

「お待たせ致しました」

おそめが、殺気を引き裂くように廊下に現れた。

「おそめ……」

平九郎は戸惑った。

「そなたがおそめか……」

久蔵は笑い掛けた。

「はい。そめにございます。平九郎さま、いろいろお世話になりました。御恩は生涯、忘れませぬ……」

おそめは、平九郎に深々と頭を下げた。

「おそめ……」

平九郎は眉をひそめた。

己の累《るい》を平九郎に及ぼしたくない……。

平九郎は、おそめの胸の内を知った。

「秋山さま、お供致します」

おそめは微笑んだ。

「うむ……」

久蔵は頷いた。

久蔵は、由松や清吉とおそめを南町奉行所に連行した。

高柳平九郎は、老下男と表門前で見送った。

「旦那さま、おそめさんが亭主の善吉さんの永代供養に遣って欲しいと……」

老下男は、袱紗に包まれた切り餅を見せた。

「そうか。おそめが命懸けで手に入れた金子《きんす》だ。願い通りにしてやろう……」

平九郎は、久蔵たちと去って行くおそめを哀し気に見送った。

おそめは、久蔵、由松、清吉と南町奉行所に立ち去った。

日本橋の高札場は賑わっていた。

大助は、学問所の帰りに高札場の傍を通り掛かった。

「見付けたぞ……」

岡っ引の鶴吉は叫び、大助に背後から飛び掛かった。

「何をする、無礼者……」

大助は怒鳴り、飛び掛かって来た鶴吉を投げ飛ばした。

鶴吉は、地面に激しく叩き付けられて苦しく呻いた。

「おのれ……」

北町奉行所同心の倉本新兵衛は、及び腰で十手を突き付けた。

「あっ。倉本さん。先日は云い忘れましたが、私は南町奉行所吟味方与力の秋山久蔵の倅の秋山大助です」

「えっ。秋山久蔵さまの倅……」

倉本は、驚き怯んだ。

「取立屋の富次郎を殺し、浄雲を刺した者は、既に神崎さんと柳橋の親分たちがお縄にしました。御不審の処があれば、秋山久蔵にお尋ね下さい。では……」

大助は、笑顔で会釈をして八丁堀に急いだ。

倉本は、呆然とした面持ちで見送った。

「倉本の旦那……」

鶴吉は、腰を摩《さす》りながら倉本に近付いた。

「鶴吉、あの前髪が剃刀久蔵の倅だと、知らなかったのか……」

倉本は、鶴吉を叱った。

「は、はい。旦那は……」

「煩い。富次郎殺しは此れ迄だ」

倉本は、嗄れ声を激しく引き攣らせた。


濡れ衣は晴れた……。

大助は、軽い足取りで八丁堀岡崎町の秋山屋敷に急いだ。


久蔵は、目利きの萬斎とおそめを厳しく詮議した。

萬斎は、始末屋の元締めだと云う事は認めた。だが、殺しの依頼人や始末人については沈黙を護った。

おそめは、浄雲と富次郎を殺し、萬斎から報酬を貰った始末人なのを認めた。

そして、他の始末人の事は一切知らないと云い、自分の事以外は何も語らなかった。

久蔵は、萬斎とおそめの覚悟を見定め、詮議を打ち切って死罪の仕置きを下した。

おそめは、取り乱しもせずに微笑んだ。

安堵の微笑み……。

久蔵は、おそめの微笑みをそう読んだ。

この作品は「文春文庫」のために書き下ろされたものです。

文春文庫

逃《のが》れ者《もの》

新《しん》・秋山久蔵《あきやまきゅうぞう》御《ご》用控《ようひかえ》（十七）

定価はカバーに表示してあります

2023年9月10日　第1刷

著　者　藤《ふじ》井《い》邦《くに》夫《お》
発行者　大沼貴之
発行所　株式会社　文藝春秋

東京都千代田区紀尾井町 3-23　〒102-8008
TEL　03・3265・1211㈹
文藝春秋ホームページ　http://www.bunshun.co.jp
落丁、乱丁本は、お手数ですが小社製作部宛お送り下さい。送料小社負担でお取替致します。

印刷製本・大日本印刷
Printed in Japan
ISBN978-4-16-792096-8

文春文庫　最新刊